HANS KLEEMANN

JEDER EINMAL IN BERLIN

ROMANMINIATUR

adakia Verlag UG (haftungsbeschränkt)
Richard-Wagner-Platz 1
04109 Leipzig

www.adakia-verlag.de
www.adakia-shop.de

Bibliographische Information der Deutschen Bibliothek:
Die Deutsche Bibliothek verzeichnet diese Publikation
in der Deutschen Nationalbibliographie;
detaillierte Daten sind im Internet über
http://www.dnb.de abrufbar.

Gesamtherstellung: adakia Verlag, Leipzig
Covergestaltung: Susan Ullrich
1. Auflage, März 2024
ISBN 978-3-941935-97-6

* * *

Für Barbara,
die mir ein Berlin jenseits des Literaturhauscafés gezeigt hat
und für Tanja,
ohne die kein Wort von all dem geschrieben worden wäre.

* * *

Es ging vorbei, wie Filme auf der Leinwand
Das Licht geht an und alles rings umher
Ist wie ein Buch mit goldbedrucktem Einband
Doch seine Seiten sind so grausam leer

Aber schön war es doch
Aber schön war es doch
Und ich möcht' das noch einmal erleben
Dabei weiß ich genau
Dabei weiß ich genau:
So was kann es doch einmal nur geben

Hildegard Knef: Aber schön war es doch

HANS KLEEMANN

JEDER EINMAL IN BERLIN

ROMANMINIATUR

Kapitel I

Im Grunde bin ich einzig und allein wegen Mara noch hier, obwohl ich nicht recht weiß, ob das ein Glück ist. Nie jedoch werde ich im Zweifel darüber sein, dass die Zeit mit ihr ein Glück war, ein ganz undenkbares sogar, und egal wie unerträglich das Alleinsein derzeit ist, wie trüb die momentanen Aussichten auch immer sein mögen, stets gibt es Erinnerungen, die durch die Schwärze der Gefühle schimmern. Ein Trost ist das freilich nicht, aber manches wird klarer mit der Zeit, nach einer übersteigerten Liebe, der großen Oper zweier Irrlichter, einem Ende quasi en pasant, der Beginn zufällig. Wir kamen aus einem unbestimmten irgendwo, prallten aufeinander, schlugen Funken und verglühen nun wieder im irgendwo, so ziemlich aus der Bahn geworfen.

Aus der Bahn geworfen war ich aber wahrscheinlich von Anbeginn und also musste ich nach zwanzig Jahren des ziellosen, doch keinesfalls beunruhigten Suchens nach einem Stück Leben, das sich als tragfähig für weitere Schritte erwies, in Berlin landen, das, wie ich hoffte, vor dem endgültigen Scheitern wenigstens mit einer rauschenden Party aufwartete. Anfang August war das Scheitern bereits relativ absehbar, die Party jedoch schien vergessen worden zu sein. Seit zwei Monaten war ich hier, hatte ein Zimmer gefunden, etwas, das man wohl »Job« nennen muss, der wenigstens bei möglichst geringem Arbeitsaufwand halbwegs mein Dasein sicherte, was ja alles recht schön ist, doch war ich das erste Mal in meinem Leben nicht bloß einsam, sondern, wirklich allein. Da ich mit mir wenig anzufangen wusste, ging ich zwar viel spazieren, allerdings nirgendwo hin. Folglich traf ich niemanden und jene, die ich traf, schienen mir kein Umgang, denn ich bildete mir damals ein, ein Dichter zu sein, obwohl ich nie eine Zeile schrieb, gar nicht gewusst hätte worüber, und ohnehin kam es nicht darauf an, Dichter, wollte ich glauben, war man eben. Eines Tages käme der besondere Moment, aus dem ganz mühelos der besondere Roman erwachsen würde, mit dessen Tantiemen der Rest des Lebens vergoldet und aristokratisch faul zu überstehen wäre. Folglich hatte ich damals überhaupt keine Freunde, kaum Bekannte, und selbstverständlich lag es fern, den Fehler in der eigenen Borniertheit zu suchen, die man schwer oder zumindest ungern wahrnimmt, sondern Berlin war eben nicht meine Stadt. Gedanken an Wien stellten sich ein, verstärkt, als ich mir verdeutlichte, wie es wohl in Rom sein würde, ohne italienisch zu sprechen, oder in Paris ohne Maßanzug.

Die Gedanken an Umzug verflogen alsbald, der Anzug schwirrte mir weiter im Kopf herum. Der erst würde mich zum Schriftsteller machen. Ich ging aus einen zu kaufen, mit dem ich seither einigermaßen verwachsen bin, denn dieser Anzug hat mich zwar nicht zum Schriftsteller gemacht, doch eigentlich erst zu Mara geführt. Denn als endlich der perfekte schwarze, elegant geschnittene Anzug gefunden war, war ich nach dem Kauf naturgemäß derart pleite, dass ich ihn zum Einstand nicht einmal in eine halbwegs nennenswerte Bar ausführen konnte. Jedoch entsann ich mich eines Plakats, das mir ein paar Tage zuvor aufgefallen war: in den Weser Lichtspielen, die mir bis dahin, wie so ziemlich dreiviertel vom schönen Berlin, unbekannt waren, lief an diesem Abend »Casablanca«, ein überaus geeigneter Film für eine Anzugpremiere.

Wie überall kam ich auch am Kino viel zu früh an, und da es ebenso Bar wie Kino war, hätte ich Gelegenheit zu ein, zwei erfreulich bezahlbaren Drinks gehabt, die trotzdem zu teuer waren, als dass sie für mich erschwinglich gewesen wären. Außerdem war niemand anwesend, auch nicht hinter dem Tresen. Darum setzte ich mich in ein Eck der leeren Bar, tat als ob ich lesen würde und sah mich ganz ungeniert um. Es war hier wirklich sehr gemütlich, alles in dunklem Holz gehalten, dem Generationen von Rauchern zusätzlich Patina verliehen hatten, ebenso dunkel die Stühle, und wären die drei bodentiefen Fenster nicht gewesen, die den Raum mit von der Straße her kastaniengedämpftem Licht erfüllten, man hätte untertags bereits größere Beleuchtung anschalten müssen, was natürlich seinen eigenen Reiz gehabt hätte. Im Ganzen war es ein eher unwirklicher Ort, und ein Nostalgiker hätte vermutlich verzückt ausgerufen: »Nein, dass es so etwas noch gibt« und seine Euphorie hätte ihn die allgegenwärtigen Stilbrüche übersehen lassen, die nun wieder mich erfreuten. Die Weser Lichtspiele warben damit, das älteste erhaltene Kino Berlins zu sein, und gaben sich entsprechend geflissentlich den Anschein, hier sei seit den Zwanzigern die Zeit stehen geblieben, was die Betreiber keineswegs davon abhielt, eine Jukebox neben ein Grammophon zu stellen, neben Bildern von Marlene Dietrich, Blandine Ebinger und Claire Waldoff eines von Barbara Streisand zu hängen (was es erstaunlicherweise dennoch nicht zur Schwulenbar machte) und die wirklich phantastischen original Deckenlampen aus den zwanziger Jahren mit Stehlampen eines schwedischen Möbelhauses zu konfrontieren. Gerade diese Stilbrüche bewiesen Charme, besonders da sie wirklich herausstachen, denn ansonsten war der Raum eher schlicht gehalten, die üblichen dürren schwarzen Kaffeehausstühle, die klassische, einigermaßen sortierte Bar und im Hintergrund eine große schmucklose Flügeltür, die zum Kinosaal und den Toiletten führte.

Eine kleine Zeit saß ich da, sah mich um, träumte ein wenig vor mich hin und bemerkte nicht die Kellnerin, Barfrau, Kassiererin und Vorführerin in Persona, die jetzt wiederum mich beobachtete, was durch ein sehr sanftes Lächeln gemildert wurde, welches sich zum Grinsen weitete, als ich endlich hochsah und sie bemerkte. Sie fragte, ob sie mir helfen könne, und ich sagte ja, ich bräuchte eine Wohnung, einen vernünftigen Job und Freunde. Darauf hörte ich zum ersten Mal dieses unvergleichliche Maralachen, eine Mischung aus herausplatzender Freude und deren sofortiger Rücknahme, ein erster hoher, lauter Lacher, dem bloß ein kleiner, verschluckter folgt, der schon fast wie ein Seufzer klingt. Sie lachte also, sah mich flüchtig an, was durchaus als Musterung zu erkennen war, dann wieder ein freundlicherer, bereits neugieriger Blick, der zu sagen schien, dass sie mit Wohnung und Job zwar nicht dienen könne, sich jedoch in Sachen Freunde vielleicht etwas richten ließe. Wir fanden bald in ein dezentes Gespräch: woher, wohin und was und wie – das Übliche, nicht gerade Personalien, aber so ziemlich. Folgendes erfuhr ich von ihr: Sie hieß Mara, war fünfundzwanzig, lebte seit drei Jahren in Berlin und studierte Architektur. Sie kam ungefähr aus derselben Gegend wie ich, was eher südlich ist, und bei allem Weiteren wurde rasch klar: entweder wusste sie wirklich nicht, was sie sich vom Leben erhoffen sollte, oder sie hielt sich bewusst sämtliche Optionen offen. Es wirkte, als hätte sie Interesse für alles, vor allem für mehr oder weniger ausgefallenes, sprach mit Begeisterung über Dinge, von denen ich bisher nie etwas gehört hatte und von denen schwer zu sagen war, ob es sich um den Namen einer Band, einen Buchtitel oder eine Art afrikanischen Tanzes handelte. Es interessierte mich auch gar nicht übermäßig, wovon sie sprach, allein wie sie davon berichtete, schwärmte, kündete, riss mich hin. Ihre Augen leuchteten dabei, kleine Fältchen um ihre Mundwinkel spannten und entspannten sich, tanzten im Rhythmus diverser Hymnen über Diverses.

Dann plötzlich fiel sie aus der Rolle, erinnerte sich ihrer Aufgaben und fragte mitten im Satz: »Willst Du was trinken oder wartest Du auf den Film?«

»Den Film wollte ich sehen.«

»Das wiederum ist schlecht, denn der fällt heute wahrscheinlich leider aus. Wir spielen erst ab sieben Besuchern.«

Darauf erwiderte ich nichts und schaute bloß frustriert vor mich hin.

Da ging ein Strahlen über ihr Gesicht: »Aber wenn du noch warten kannst ... in einer Stunde habe ich Feierabend, dann müsste ich hier eigentlich zusperren ... Allerdings liegt hinten der Film und wenn du magst, könnten wir zwei den ja trotzdem schauen – privat sozusagen«.

Ich war perplex. Ich hatte viel erwartet und bereits deutliche Sympathien für Mara und in Berlin ist wahrscheinlich tatsächlich alles möglich, aber das?! Ab da war klar, dass Mara eine Frau des Undenkbaren war und allein dafür auf eine solche Idee überhaupt erst gekommen zu sein, musste ich sie mehr als bewundern. Ein Gedanke schlich sich ein, der im Laufe des Abends innigster Wunsch wurde: so jemanden in seinem Leben zu haben, wäre wundervoll. Es müsste nicht gleich Liebe sein, Hauptsache diesen Glanz um sich erhalten, egal in welcher Form.

»Jetzt musst du ein bisschen von dir erzählen« – fortwährend ein wenig verwirrt durch diesen überbunten Abend, die Überraschungen, la grande bellezza musste ich mich kurz sammeln, ich wollte Mara keinesfalls langweilen. Als ich selbstkritisch überlegte, stellte ich fest, dass ich in zwanzig Jahren nichts eigentlich Nennenswertes erlebt hatte.

»Weißt du, das ist gar nicht einfach. Im Grunde habe ich immerzu in der Hoffnung auf ein etwas unbestimmtes Morgen gelebt«.

Maras Lächeln verschwand, sie wurde ernst und berührte vorsichtig und flüchtig meinen Arm:

»Das kenne ich. Ich fürchte, das hört niemals auf«.

Jetzt hätte ich viel für einen halbwegs lösenden Witz gegeben, allein die Nachdenklichkeit wich vorerst nicht von ihr, sie wurde schweigsam, was mir insofern recht war, als dass ich dann wenigstens nicht weitererzählen musste.

Gäste kamen keine mehr und nach einigen Gedenkminuten fanden wir wieder ins Sprechen, ehe Mara dann endlich Feierabend hatte und die erste Privatvorführung meines Lebens nahte. Sie sperrte die Bar zu, führte mich hinter der großen Flügeltür links in den sogenannten Saal, der ein etwas größeres Zimmer war, in dem ein paar Sessel und einige Sofas eher ungeordnet, doch irgendwie heimelig herumstanden. Sowie ich mich nach Mara umdrehte, war sie verschwunden. Das Licht ging aus, der Film begann. Kurz hatte ich die Befürchtung, sie würde den Film über fortbleiben, da ging die Tür auf und mein Glück konnte in dem Moment kaum denkbar größer werden.

Von »Casablanca« bekam ich allerdings nicht arg viel mit, stets war ich versucht, Mara wie ein verliebter Schulbub anzustarren, sie gefiel mir von Blick zu Blick besser und wahrscheinlich schon fast zu gut. Sie war nicht wirklich groß, wirkte aber größer, was vermutlich an ihrem sehr aufrechten Gang lag und irgendwie auch ihrer Haare wegen, eine wilde, dunkelblonde Mähne, die sie alle Augenblicke mit großer Geste in Positur zu bringen versuchte. Im Licht wirkte ihr wundervoller Kopf immer wie gekrönt von dieser wortwörtlichen Haarpracht; dieser Kopf, den sie erhoben und stolz trug, gänzlich ohne den geringsten Anflug von Überheblichkeit. Sie hatte bedeutungsvolle, grün-smaragdne Augen, die meist mehr verrieten als ihr lieb war, eine niedliche Nase und einen zarten Mund, eine feingeschwungene, dunkelrote Linie, die in allen Lebenslagen einen heiteren, fast schelmischen Zug bewahrte und dann auch ihre chronisch geröteten Wangen, die ihrem sonnigen Gesicht den Anschein unendlicher Gesundheit verliehen. Generell wirkte sie solide sportlich, war schlank, sogar dünn, was einzig Verehrer übergroßer Oberweite bedauert haben mochten, die allenfalls durch die Andeutung ihres kleinen, festen Pos, die das kurze, dunkle Kleid verriet, entschädigt wurden. Natürlich hatte Mara niemanden zu entschädigen, es schien mir absolut undenkbar, dass es auf Erden nur einen Menschen geben könnte, der nicht sofort verzaubert gewesen wäre von dieser offenen, freundlichen, schönen jungen Frau, die dennoch so wenig von sich preisgab, dass ihr selbst dann etwas Enigmatisches blieb, wenn man sie näher oder gar nah gekannt hat.

Im Übrigen kleidete sie sich schlicht elegant, meist mit besonderem Schmuck, und schminkte sich, soweit ich das beurteilen kann, allenfalls so zurückhaltend, dass gewisse Vorzüge verdeutlicht wurden – wenn überhaupt. Wahrscheinlich vermischen sich spätere Eindrücke und Einsichten von und über Mara mit diesen ersten, bewussten Blicken, die eine scheue Verliebtheit überdies verklärte, doch die Bewunderung blieb und bleibt und wird allezeit bleiben: Mara, das war ein außergewöhnliches Lebewesen.

Der Abend war bald, allzu bald Nacht geworden, der Film vorübergezogen wie ein Traum und auch wenn ich alles dafür getan hätte, dass diese Stunden niemals enden würden, so war doch die Müdigkeit in unser beider Gesichter gezeichnet, in Maras mehr denn in meines, schließlich hatte sie den ganzen Tag gearbeitet und das, was sie tat, schien viel eher die Bezeichnung Arbeit verdient zu haben als die paar kleinen Jobs, mit denen ich mich über Wasser hielt. Allerdings musste ich sie unbedingt eines fragen, bereits draußen vor dem Kino, den Abschied halb vollzogen, gerade diese Frage peinlich vermeidend. Nun platzte sie förmlich aus mir heraus, andernfalls wäre ich wohl daran erstickt:

»Ach, Mara – ob ich dich hier eventuell mal wieder besuchen darf?«

Das hielt ich für vorsichtig genug formuliert und Maras Gebärde darauf wirkte durchaus einladend, was sie jedoch entgegnete, leider weniger:

»Selbstverständlich darfst du jederzeit herkommen, aber mich wirst du hier nicht mehr finden, das war nämlich mein letzter Tag heute.«

In dem Moment muss ich ziemlich dämlich ausgesehen haben: halb entstellte mich ein schmerzliches Lächeln angesichts dieser grotesk unerhörten Begebenheit, halb versteinerte ich zu der tragischen Starrheit einer antiken Orpheusfigur, den Augenblick darstellend, da dieser seine geliebte Euridice ein zweites, endgültiges Mal verliert. Das ganze unbeschreibliche Hochgefühl dieses Abends wich einer vorzeitigen, lähmenden Katerstimmung, nicht des Kopfes, sondern der Gefühle. Ganz ohne Trost ließ mich Mara jedoch nicht. Ein vorerst letztes Mal erklang ihr zaubrisches Maralachen, warf sie ihre goldglänzende Mähne um sich und sprach den Trost, der anfänglich kaum als solcher zu erkennen war:

»Du darfst mich suchen. Irgendwo hier in Berlin bin ich bestimmt – und ich warte gern auf dich«.

Den Nachsatz, diesen mich in alle Himmel hebenden Nachsatz flüsterte sie beinahe. Noch einmal strich sie mir sanft den Arm, dann verschwand sie ums Eck, in eine flirrende, verwirrende Berliner Sommernacht, aus der heraus ich mich nun also aufmachen musste, Mara wiederzufinden.

Was würde das geben? Eine Don-Quixote-Komödie, ein von vornherein eher auszuschließendes Heldenepos, eine Groschenromanromanze? Vorerst jedenfalls eine atemlose, gedankenüberströmende Heimfahrt und ein ruheloses Träumen von Mara, von der sich auch am nächsten Tag schwer mit Bestimmtheit sagen ließ, ob nicht sie selbst der Traum gewesen war.

Kapitel II

»Auf der Suche nach der verlorenen Maid« – mehr als dieser billige Kalauer fiel mir vorerst nicht ein bezüglich des scheinbar aussichtslosen Unterfangens, Mara in dieser an allen Ecken und Enden überbordenden Stadt jemals wiederzufinden. Überhaupt, dass sie real gewesen sein muss, sickerte erst langsam durch meine bleierne Müdigkeit an diesem Morgen. Seit gestern Abend dachte ich unaufhörlich an Mara, wollte mir jedes Detail einprägen, auf dass ich ja nichts vergesse, und begann zu überlegen, wo und wie sie zu suchen sei, hoffte, bangte, freute mich, so jemanden kennengelernt zu haben, und hatte gleich darauf wieder Furcht, sie niemals wiederzusehen. Ich hatte geträumt von ihr, ihren Namen beim Einschlafen leise vor mir hergesagt und hunderterlei Bilder abgespielt, vergangene und solche eines erträumten, zukünftigen Glücks. Jetzt erst, beim morgendlichen Kaffee, allein in meinem hässlichen Mietszimmer, das nach wie vor uneingerichtet war bis auf ein Bett, einen nie benutzten Schreibtisch nebst Stuhl und einem kleinen Schränkchen, das für meine wenigen Habseligkeiten dennoch zu groß war, kam mir ein sonderbarer Gedanke, den ich zunächst ignorierte, dann vorsichtig bedachte und der sich trotzdem nicht endgültig klären ließ: was wollte ich überhaupt von Mara, einem zugegeben reizenden, faszinierenden Menschen, den ich allerdings so gut wie gar nicht kannte, der eine kleine Verliebtheit bei mir ausgelöst hatte, aber nicht gerade das, was man die »Liebe auf den ersten Blick« nennt? Warum verbiss ich mich derart in das Ziel, sie unbedingt wiederfinden zu müssen? Wegen der Einsamkeit dieses Zimmers? Dagegen hätte Netflix geholfen. Weil ich unbedingt Freunde suchte? Nein, ich suchte keine

Freunde und lebte einigermaßen bequem in der Gewissheit, dass ich schon irgendwann welche finden würde und sicherlich wäre ich ihnen nicht auf diese Weise nachgerannt. Mara zu finden war eher eine Obsession – warum? Vielleicht weil sie ein Leben zu führen schien, das ich gern mit ihr geteilt, ich auch gern gehabt hätte. Ein wenig beneidete ich sie wohl, und deswegen musste ich sie finden, entweder um sie zu entzaubern oder mit ihrer Hilfe eine Phönixkarriere hinzulegen, wie sie eine solche, dem ersten Blick nach, gemeistert hatte: aus der Ödnis der Provinz heraus nach Berlin, ins pralle Leben und nicht wie ich es tat, den Leuten nur beim Leben zusehend, sondern selbst mit Händen zu greifen, was man ersehnt, nicht leicht, nicht gebettet, aber voll vermuteter Höhen, die die grauen Tage hernach rechtfertigten.

Darum wollte ich sie finden, um sie zu lieben, wovon ich mir viel versprach, und von ihr zu lernen, derart befreit durch die Welt zu gehen.

Auf dem Weg zur S-Bahn, während dem ich weiterhin keine rechte Idee hatte, wo am besten mit der Suche zu beginnen wäre, fiel mir eine Kleinigkeit ein. Ich hatte versucht, mir ihre Stimme erinnerlich zu machen, und tatsächlich fand ich den Tonfall in einer gänzlich unscheinbaren Reminiszenz, in der sie sagte: »Zum Lernen und Schreiben gehe ich ganz gern in die Staatsbibliothek«. Wie ein Wunder erscheint es mir, dass ich mit ungewohnter Weitsicht gefragt hatte:

»In welche? *Unter den Linden* oder *Potsdamer Platz*?«

»Na, rat mal, welche passt besser zu mir?«

Mir waren beide Bibliotheken unbekannt, da ich *Unter den Linden* allerdings für eine mäßig interessante Gegend ohne passenden Anschluss an die übrige Stadt hielt, riet ich *Potsdamer Platz*. Bei ihrem freudigen »Richtig!« verstand ich nicht eigentlich, warum sie sich über meine unbedeutende Antwort derart freuen konnte, heute sehe ich klarer, denn wenn sie da bereits die Idee mit der Suche in ihrem schönen, verrückten Kopf hatte, dann konnte sie etwas zuversichtlicher sein, dass ich sie denn finden würde.

Den Potsdamer Platz sah ich an diesem Tag zum ersten Mal und er überforderte mich ein wenig. Nach zwanzig Jahren am Land hatte ich hier tatsächlich eine neue Erfahrung: Großstadtgefühle. Was mir nachher selbstverständlich wurde, woran ich heute achtlos vorübergehe, damals war es mir neu – das Gewimmel, der Lärm, man brauchte kein Hinterwäldler zu sein, um den Potsdamer Platz anfänglich mitreißend zu finden. In dem Moment schien ich aus der Zeit gefallen, ein Zwanziger-Jahre-Blick mischte sich mit dem heutigen und alles verschwamm zu einer Mischung aus Ernst Ludwig Kirchner und »Berlin Tag und Nacht«. Die Straßen waren eine einzige, weiterdrängende Buntheit – Autos hunderterlei Arten bahnten sich ihren Weg, fuhren schüchtern abseits oder verlangten gebieterisch Durchlass. Es waren gelbe, rote, grüne, schwarze, blaue, auch braune, orangene, geschmacklose, verformte, halbe Paläste auf vier Reifen, halbe Hütten auf vier Platten. Alle Sekunden ein Quietschen, Hupen, mal langgezogen in aufbrausender Wut, mal schrill und kurz im ersten Zorn. Streit in den Autos, Telefonieren, Beschimpfen der anderen Verkehrsteilnehmer, vor allem der dreisten Radfahrer, die sich selbst im ärgsten Stau ihren Weg bahnten. Ein Strudel von Radiomusik, aus dem kaum mehr eine Melodie, ein Rhythmus oder Instrument herauszuhören war, dieser Strudel riss alles mit und machte einzig Geräusch daraus. Heute kommt mir dieser Eindruck ein wenig weltfremd vor, als hätte ich in meinem Leben zuvor keine Autos gesehen, damals begeisterte mich das, was ich so lange gesucht hatte: Hektik und Trubel. Ein Spaziergang als Teatrum mundi.

Dabei war es natürlich kein simpler Spaziergang, sondern meine Mission, von der mich auch die Circe Potsdamer Platz nicht abhalten konnte. Im Gegenteil, ich hatte bereits da das bestimmte Gefühl, dass ich erst mit Mara all das so recht würde auskosten können, dass sie mir die richtigen Wege zeigen würde und dass überhaupt Berlin ein anderes für mich werde, von dessen Reichtum und Fülle dies kaum mehr als eine vage Vorahnung war.

Ein Glück, dass ich die Staatsbibliothek gleich fand. Das Äußere enttäuschte mich, die übliche Scharoun-Fassade, die mir auch bei der Philharmonie nicht sonderlich gefiel: ein bisschen glanzloses Gold im Hintergrund, ansonsten harte, betonierte Formen, die bereits etwas altbacken wirkten, wie eine Siebziger-Jahre-Turnhalle oder, schlimmer, ein Arbeitsamt. Innen war das Ganze freundlicher, lichter, wenngleich ich schiere Ewigkeiten durch den Eingangsbereich irrte, im hellen Lesesaal in dieser Ecke suchte, an jener Empore nach allen Fensterplätzen sah, ob sie nicht dasäße im Licht und mich, als ich sie nirgends fand, endlich sogar durch sämtliche Bücherreihen schleppte. Enttäuschung machte sich breit, so sehr hatte ich gehofft, sie gleich zu finden, hatte ich Angst, sie zu verpassen, wie die Chance auf ein besseres Leben. Langsam trödelte ich aus der Bibliothek ins grelle Mittagslicht, stieg in den nächstbesten Bus und fragte mich, während er langsam aus dem Kulturforum rollte, in vollendeter Theatralik: Wohin, ach wohin?!

Ins Café Einstein und zwar ins Stammhaus, einem Rettungsanker klassischer Kaffeehaustradition im ansonsten eher traditionslosen Berlin, wo mit Butter und Schmalz gebacken wird und man nicht allein weiß, was ein Tafelspitz ist, sondern man auch beruhigt eine Schale Gold bestellen kann oder einen Kapuziner. Da ließe sich gut schreiben, dachte ich, als mir Mara am Vortag kurz davon erzählte. Das fiel mir nach allerhand Gedankenkapriolen in jenem Bus ein, den ich so mutlos bestiegen hatte. Dort, sagte sie, säße sie manchmal, um sich ein bisschen vornehm vorzukommen. Bei ihrer Schilderung steigerte sich meine Verliebtheit zusehends, ich sah sie förmlich dasitzen, in weichen Sesseln, in einem Kronleuchter bekrönten Teesaal, entweder holzvertäfelt oder mit feinen Seidentapeten geschmückt, schön eingedeckte Tische, schmeichelnde Stoffservietten auf edlem Porzellan, gedämpftes Kaffeehausgemurmel und endlich einmal kein Gedudel aus hunderten Lautsprechern, sondern Kellnerparlando und das witzige Geläster einer sogenannten Gesellschaft am Nebentisch. Mara inmitten, das konnte ich mir gut denken. Es war eine Art Spiel, das sie da trieb, die Vorstellung einer mondänen Dame, die sie gewiss nicht war und eben doch ein wenig. Bisher hatte ich bloß einige wenige ihrer Facetten erleben und erahnen dürfen, die allein sie außerordentlich schillernd und interessant machten.

Jedoch, als ich ankam, war keine mondäne Dame mit goldener Löwenmähne am Ort, nur ein paar Leute, die gelangweilt in ihre Kaffeetassen starrten und alle aussahen, als ob sie nicht viel mit sich anzufangen wüssten – genau wie ich. Ein paar Mal hatte ich versucht allein auszugehen, ein Glas Wein zu trinken oder einen Film zu sehen – solange ich dabei mit meiner Gesellschaft vorliebnehmen musste, konnte mir das beim besten Willen kein Vergnügen bereiten. Ein weiterer Grund, der mich ein Zusammensein mit Mara ersehnen ließ: ich wollte all das Schöne, Lustige, Berauschende teilen können mit einer Person, die es voll auszukosten wusste, die besondere Momente erinnernswert machte und alles ein bisschen vergoldete mit Witz, einer Geste oder einfach fühlbarer Zufriedenheit. Ich sehnte mich nach jemandem, mit dem man einmal ganz im Augenblick leben konnte und der vergessen ließ, dass den Höhenflügen irgendwann eine Landung in profaneren Gebieten folgen würde.

In seiner vollendeten Steifheit war das Einstein jedenfalls kein Ort für ein romantisches Finden oder was immer mich erwarten mochte, dafür war Mara viel zu lebendig, zu euphorisch, zu wenig versnobt. Das hier war nicht ihr Element. Ihr Element, das war die Kunst, Musik, Literatur, Architektur – Architektur! Natürlich! Das musste es sein! Die Universität der Künste, dort musste sie sein, der Ort passte perfekt. Lebendig und anregend, da würde ich sie finden, es war längst keine Überlegung mehr, das schien urplötzlich Gewissheit. Langsam wurde es Abend, dennoch: ich flog dahin voll neuer, ungeheurer Hoffnung.

Es kam dann allerdings kein Bus – das Glück ist eben ein Vogerl und kein öffentliches Verkehrsmittel. Folglich hatte ich zu Fuß zu gehen und wie sehr ich anfänglich fliegen mochte, nach einiger Zeit des Entlanggehens der schier unendlichen Kurfürstenstraße fühlte ich mich sonderbar ermattet, leer, fast ausgebrannt. Ich schlenderte ein bisschen deprimiert dahin, hatte die Befürchtung, niemals aus meiner Einsamkeitsblase herauszukommen und die große Stadt auf ewig als ein Fremder zu durchstreifen, beständig auf der Suche nach irgendwem oder der bloßen Vorstellung davon. Meine Illusionen würden meine Ängste werden, die bereits dann und wann hochkochten, so diffus sie sein mochten. Sie trieben mich weiter, schneller, endlich der Budapester Straße zu, dem mir lieben, vertrauten Touristenberlin. Der Zoo mit seinen degoutanten Tierfiguren am Eingang, die Gedächtniskirche, der Filmpalast – allesamt mehr oder weniger alte Bekannte nach der gekünstelten Steifheit des Café Einstein. Vorüber an den hohen Türmen des Motel One und des Waldorf Astoria, die einem ein paar Perspektiven lang eine wirkliche Großstadtoptik vortäuschen in einer Stadt, in der man allzu oft unverbauten Himmel sieht. Endlich Bahnhof Zoo, dahinter das erlösende Straßenschild: Hardenbergstraße. Ein paar hundert Meter, dann musste es sich entscheiden, weitere Chancen würde es für diesen Tag keine geben.

Ich hörte das Pochen ihres Herzens neben mir. Ihr Atem ging entspannt, aber das Herz war ganz aufgeregt, und mochte sie jetzt auch schlafen, das Herz schien heute so viel erlebt zu haben, dass es sich längst nicht beruhigen konnte. Da lag ich also tatsächlich neben ihr, in ihrem großen, weißen Bett und wusste gar nicht recht, wie ich eigentlich hergekommen war und ob ich schon gleich hier sein wollte. Mich hatte das anfängliche Spiel des Wechsels zwischen Nähe und Distanz gereizt – jetzt in ihrem Bett wusste ich nicht recht, was stärker war von den beiden, nur, dass ein Ungleichgewicht herrschte. Vielleicht ein alberner Gedanke, der mich von der wirklichen Irritation abzulenken vermochte: es berührte mich mehr ihr Herz neben meinem schlagen zu hören, als mit ihr geschlafen zu haben. Hatte ich den ganzen Tag dieses Bett gesucht, dieses Herz oder diese Mara, die tief und fest schlief und die doch vorhin so aufgeregt war, so überglücklich, dass es unmöglich schien, jemals wieder zur Ruhe zu finden?

In der Halle der Universität habe ich sie gefunden. Den ganzen Tag hatte sie dort verbracht, ihre Gedanken aufgeschrieben, ihr Hoffen und Bangen ausgekostet und in Literatur verwandelt und war bereits drauf und dran zu gehen, als ich endlich kam.

Und gleich irritierte sie mich wieder: ich hatte auf eine große Szene spekuliert, ein opernhaftes Finale erhofft im orangenen Abendlicht unter dem hohen weißen Gewölbe, einen zärtlichen Kuss, vielsagendes Schweigen hernach und den ganzen üblichen Kitsch eben. Als ich jedoch eintraf, erglühte sie zwar im Abendlicht, was dann allerdings folgte, war kein Liebesschwur, sondern sie lud mich ein, mich zu ihr zu setzen, um mir das anzuhören, was sie den Tag über zu Papier gebracht hatte. Sie las eine Zeit lang Dinge vor, die ich nicht wirklich einzuordnen wusste, sie zitierte Hustvedt und Derrida in langgezogenen, verschrobenen Sätzen, und alles klang nach der Parodie auf ein Manifest, aber über was sie schrieb, war nichts Philosophisches, nichts Kulturkritisches oder sonst sonderlich Tiefschürfendes – sie sprach darin von mir, über erste Verliebtheiten, die einen von jetzt auf gleich überraschen, ihrem Wunsch gefunden zu werden und der Angst nicht zu wissen, was danach geschehen sollte. Nach etwa einer halben Stunde schmerzte mir das Gesicht vom interessiert Dreinsehen, und Enttäuschung stellte sich ein. Da stoppte sie, sah scheu zu mir herüber und meinte, die kommende Passage sei eventuell zu intim. Nun war es an mir, das Versteckspiel zu beenden.

»Mara, dein Text ist so fremd, so wundervoll – ich brauche Zeit, ihn ganz zu begreifen, obwohl ich ehrlich jedes Wort verstehe.«

»Ich weiß«, sagte sie nach kurzem Atemholen, »ich weiß, dass du ihn verstehst, aber begriffen hab ich das alles selbst kaum«.

Jetzt war endgültig unabsehbar, wie aus dieser Sache wieder herauszufinden wäre. Sollte das ein Symposium über ihr Schaffen geben und wen meinte sie eigentlich: den Text, sich selber oder mich?

»Vielleicht braucht es erst einen Drink, um gewisse literarische und sonstige Besonderheiten vollständig würdigen zu können«, wagte ich mich aus der Deckung. Deswegen war es keineswegs zwingend die Universität, wo ich Mara endgültig fand, sondern eher ein kleines Bistro in der Nähe, mit guten Weinen und kleiner Küche, mit französischen Chansons und manchen Albernheiten meinerseits, die ich Gott sei Dank vergessen habe. Dort in diesem Bistro erst ließ sie sich finden, denn dieses Ende hatte weder sie in ihrer tiefgründigen Abhandlung noch ich während meiner Pilgerfahrt bedacht: nicht das gewaltige Erkennen sollte am Anfang einer Liebe sein und nicht das Suchen nach wie auch immer gearteter Erlösung, sondern Leichtigkeit, ja sogar Spaß – und den hatten wir an diesem Abend und der hatte in ihr Bett geführt und herrliche Wochen dem folgend eröffnet, in denen wir erkannten, dass wir unsere Liebe, die es tatsächlich war, nicht schwieriger machen mussten, um ihr Größe zu verleihen, sondern feiern. Ich war nicht länger derart einsam und sie nicht länger derart unverstanden, das spürte ich bereits kurz bevor ich einschlief, das sanfter werdende Pochen ihres Herzens dicht bei meinem spürend, und die Worte im Kopf, die sie gesagt hatte, als wir leicht beschwipst vor ihrer Haustür standen:

»Ich liebe dich und freue mich unendlich darauf herauszufinden warum«.

Kapitel III

Nie, so kam es mir vor, hatte es in Berlin mehr Lichter gegeben, war die Nacht in solch überschwängliche Helle getaucht und die Reklame, die Schaufenster, Kioske und alles ringsum von liebenswürdigerer Buntheit. Nie erschienen mir die Morgen freundlicher, schmeckte der Kaffee besser, hatte ich entspannter Lust auf eine frühe Zigarette, waren die Cafés einladender und das Personal zuvorkommender. Nie waren die Leute entspannter, selbst in den Bahnen kein Gepöbel, sogar einmal ein Lächeln am Trottoir und zufriedenes Geplauder, wohin man kam. Nie vorher war mir derart sommerlich zumute gewesen. Diese letzten Tage im August zusammen mit Mara in einem wahrhaften Bilderbuch – Berlin, das bedeutete für mich mehr Sommer als alle zwanzig anderen zuvor.

Vieles von dem, was wir erlebten, war hundert Mal schöner als es sich je erzählen ließe, manches hat einzig für uns Bedeutung und doch waren diese Sommertage ein solch bunter Strauß an Besonderheiten, dass mir jeder Augenblick unvergesslich bleibt, ich fast noch jedes Wort weiß, das wir sprachen und ich kann heute an manchen Plätzen und Orten kaum ohne einen leisen Kummer vorübergehen, weil es mir beinahe unmöglich scheint, so über alle Maßen glücklich gewesen zu sein. Selbst ein Kreisverkehr konnte uns in jener Zeit Elysium werden, denn Maras Einfallsreichtum bezüglich extravaganter Unternehmungen beschränkte sich nicht allein auf mehr oder weniger touristische, jedenfalls klassisch zu nennende Attraktionen, sondern sie verstand es, selbst den profansten Hinterhof zu einem reizvollen Ausflugsziel zu stilisieren – oder eben besagten Kreisverkehr, der in jenem Falle vor der bereits bekannten Staatsbibliothek am Potsdamer Platz lag, äußerst weitläufig war und von einer riesigen, scheinbar ins Nichts verlaufenden Straße umtost wurde, die ihn nicht gerade schöner machte. Eines Morgens rief mich Mara an und fragte, ob ich wohl mit ihr Mittagessen wolle. Als ich zusagte, freute sie sich:

»Ich habe nämlich eine Überraschung für dich.«

»O nein! Du weißt, dass ich mit Überraschungen nicht umgehen kann. Jetzt werde ich den ganzen Vormittag an nichts anderes denken.«

»Tja, du solltest ohnehin dauernd an mich denken«

»Als ob ich anders könnte«

»Dann wart um zwölf vor der Stabi auf mich«

»Und was soll ich bis dahin tun?«

»Du könntest zur Abwechslung mal was schreiben. Das gehört zum Schriftstellersein leider dazu, Liebling ...«

»Das eben verleidet mir die ganze Sache. Eigentlich ist es bloß schön, geschrieben zu haben.«

»Du armer, leidender Künstler! Na dann quäl dich noch ein bisschen. Bis später.«

Und ich quälte mich tatsächlich, denn seitdem ich Mara kannte war Schreiben wiederum komplizierter geworden: Im Grunde kannte sie bloß zwei Texte von mir, ein etwas pathetisches Liebesgedicht aus der Zeit vor ihr (deshalb nicht ganz ernstzunehmend) und einen kurzen, bösartigen Text über meine Heimatstadt, der einen Haufen grausiger Karikaturen enthielt und darauf beharrte, dass das einzig schöne dort die Fassaden seien. Mara hatte sowohl Gedicht als auch Text durchaus bewundert und für gut befunden – behagt hatten ihr beide nicht. Denn was sie unter Literatur verstand, war etwas gänzlich anderes und vor allem dadurch verkompliziert, dass ihr Diskretion das Allerheiligste war, während hingegen ich Diskretion und Literatur für unvereinbar hielt. Jetzt stand ich vor dem Zwiespalt: auf der einen Seite erwartete Mara endlich etwas Neues, Aktuelles, auf der anderen Seite hatte sie mehr als einmal in intimen, ernsten Momenten offenbart, sie habe Angst davor, ich könne über sie schreiben. Worüber sonst? Sie bedeutete mir längst alles. Auf diese Weise war es mir unmöglich, ein Wort aufs Papier zu bringen, obwohl ich auch an diesem Vormittag verbissen versuchte, mir einen Ausweg aus der Misere zu erschreiben, der vor ihr bestehen und ihr gerecht werden könnte. Als ich einen halben Korb Altpapier vollendet hatte, machte ich mich auf zur Bibliothek, voller Neugier und Vorfreude und eigentlich froh, die aussichtslosen Kunstbestrebungen hinter mir zu lassen, denn Leben, echtes Leben gab es ausschließlich mit Mara und die Versuche, dieses Leben ins Bernstein der Kunst zu pressen, waren ermüdend und ließen mich jede Stunde am Schreibtisch bereuen, denn was hätte nicht alles geschehen könne in dieser Zeit, bei ihr.

Sonnenbebrillt, ein Tuch im Haar, ein leichtes blaues Kleid tragend und eine große Tasche bei sich, stand sie in der prallen Mittagshitze vor der Bibliothek und sah aus wie eine Mischung aus spitzwegschem Bauernmädchen und der Marie Antoinette Lebruns.

»Mylady, Sie sehen fabelhaft aus«, begrüßte ich sie in gestelztem Tone.

»Danke, Darling – ich weiß«, nahm sie in vollendeter Überheblichkeit meine Huldigung entgegen.

»Und meine Überraschung«, fragte ich jetzt möglichst infantil.

»Ja warst denn du überhaupt brav?«

»Immer«, log ich.

»Und hast du geschrieben?«

Schweigen.

»Na schön, du bekommst die Überraschung trotzdem. Ausnahmsweise!«, entschied sie, vor allem deswegen, weil ihr Schenken viel mehr Vergnügen bereitete als beschenkt zu werden. Sie schleppte mich über den Vorplatz der Straße zu, welche wir sogleich überquerten, um den Kreisverkehr zu erreichen, auf dem sie mir mitteilte: »Da wären wir also. So oft bin ich hier vorbeigegangen und habe gedacht, dass hier um die Mittagszeit das allerherrlichste Licht ist und man dort einmal picknicken müsste ... Voilá!«

Dann holte sie aus ihrer Riesentasche eine Decke, Porzellanteller, Kristallgläser, Besteck (alles von edelster Art natürlich), mehrere Frischhalteboxen, eine Flasche Wein und eine Thermoskanne. Sie hatte sich wirklich alle Mühe gemacht, am Morgen Rosmarinkartoffeln zubereitet und in die Thermoskanne gegeben, damit sie halbwegs warm blieben, hatte Kalbsfleisch mitgebracht, etwas Salat, sogar einen Kerzenleuchter samt Kerzen und obendrein Stoffservietten – es war ein Luxusmahl auf einem Kreisel, umbraust vom Freitagsverkehr, die Hochhäuser des Potsdamer Platzes vor uns, weiter hinten die Philharmonie, und sogar die Neue Galerie war zu sehen. Aus den Autos sahen uns die Leute verwundert an, wir prosteten ihnen zu und saßen vielleicht zwei, vielleicht drei Stunden da und ich übertreibe und übertreibe doch auch nicht, wenn ich behaupte, dass es das beste Essen meines Lebens war. Nicht einmal so sehr, weil es mir außerordentlich geschmeckt hätte (das auch), sondern weil ich nie ein Essen mehr genossen habe, ausgekostet und mich wohler gefühlt bei einer Flasche Aldi-Wein und so unbeschwert getragen von einem Gespräch, das bereits das Außergewöhnliche zu fassen suchte – wir feierten uns und Maras Idee und wer sich da ein Königreich erträumt, hat nicht die geringste Vorstellung davon, was ein bloßer Kreisverkehr alles sein kann.

Freilich blieben gewisse Irritationen und Befremdlichkeiten kaum aus, denn nicht sämtliche ihrer Eigenarten waren Liebenswürdigkeiten, und Mara hielt es irgendwann nicht jedes Mal mehr für einen Scherz, wenn ich sie vor meinem zweifelhaften Charakter warnte. Zugegeben, wir waren beide von mitunter anstrengender Überempfindlichkeit, wenn auch darum bemüht, es uns nicht allzu sehr spüren zu lassen, handelte es sich doch kaum um Verletzungen, die wir uns antaten, nur eben ab und an um etwas wie Unverständnis, das dann wie ein kleines Erdbeben unser im Aufbau begriffenes Paradies erschütterte. Am schmerzhaftesten war es wohl für uns beide, dass wir im eigentlich Künstlerischen nie wirklich zueinander finden konnten, weniger die eigene Produktion betreffend als vielmehr die Lieben und Vorlieben, die ein jeder zu teilen wünschte.

Es schmerzte mich beispielsweise mehr als ich ihr gestand, dass sie »Orpheus und Euridice« von Gluck, eine meiner Lieblingsopern, für langweiliges Gewäsch hielt.

»Aber dieses Ende, dieses enorme Wunder, diese einmalige Fügung, dass der Gott Amor selbst derartiges Mitleid mit diesen armen Liebenden hat, dass er ihnen ihr Glück schenkt – ohne Auflagen, einfach weil sich die Liebe nicht beweisen muss.«

»Ich bitte dich, das ist doch altbackner Kitsch und kann außerdem schwer über die fade Musik hinwegtrösten.«

»Wenn ich hören könnte, was du gehört hast! Für mich ist das alles höchst lebendig und trifft mich an ganz empfindlichen Stellen.«

»Du bist halt eine empfindsame Seele«, lachte sie weitere unergiebige Diskussionen weg, wohl wissend, wie sehr ich es hasste, für irgendwie empfindsam oder dergleichen gehalten zu werden. Und dennoch: ich hätte besser damit leben können, wenn sie meine Familie oder Freunde abgelehnt hätte oder sie mit meiner Lebensweise nicht einverstanden gewesen wäre, aber gewisse Werke, wie »Tristan und Isolde«, das Requiem von Mozart oder die Liebesgedichte von Brecht waren mir auf sonderbare Weise näher noch als meine Familie und Freunde, es kam mir vor, als wären sie beinahe ein Teil von mir, und dass sie den nicht mochte, nicht mögen konnte, sosehr sie sich vielleicht Mühe gab, war mehr als bedauerlich. Andererseits stand ich ratlos vor ihrer Dostojewski-Faszination, der mich nun wirklich nichts anging, oder ihrem Hip-Hop-Schwulst, der mir ebenso larmoyant wie selbstgefällig vorkam, vom Misstönenden einmal abgesehen. Wir konnten einander nicht finden, wie oft wir es versuchten, man spürte das Unverständnis und es blieb die Angst, das könne sich irgendwann zum Vorwurf eignen.

Der Fahrtwind leichter Tage trug uns einstweilen über dergleichen Täler hinweg. Im dunklen Tiergarten (es wird jetzt bereits früh dunkel und das Wetter ist herbstlich, obwohl es gerade einmal September ist), habe ich mehr Angst als sie, aber ich überwinde mich mit ihr an meiner Seite, diese zwielichtige Gegend immerhin »bizarr« zu finden, ein Wort, das die Aussage verweigert, Mara jedoch gelten lässt, da sie sich jegliches Vorurteil, und sei es bloß gegen eine bestimmte Gegend, strengstens verbittet. In der U-Bahn äffen wir wichtigtuerische Telefonierer nach, die jedes Mal erwartungsgemäß reagieren: mit verbissener Nonchalance. Wir sind auf dem Weg zu Rogacki und daher in Festtagslaune, denn für ein paar Euro gibt es Gulaschsuppe oder Fisch und viel Aussicht auf das, was von West-Berlin geblieben ist: graumelierter, wohlhabender Mittelstand, in Würde und Trenchcoat gealtert, der sich an der Fischtheke den Sylturlaub spart, um ihn in der Bar jeder Vernunft oder der Deutschen Oper mit anschließendem Besuch der Savoy-Bar abendweise zu verprassen.

Man hört den Klatsch und Tratsch, den man dort seit Jahrzehnten hört, aber sonst leider nirgends mehr, und es wird sich erinnert, an die Hilde Knef, den Juhnke, den Pfitzmann, die dort alle noch sehr lebendig sind und die man alle gekannt hat, oder zumindest deren Taxifahrer, und einmal habe ich tatsächlich den empörten Ausruf vernommen: »Also die Künneke kommt mir nicht mehr ins Haus«, als die Künneke schon seit knapp zwanzig Jahren in der Heerstraße ruhte.

Als wir in der Wilmersdorfer Straße ankommen, sehen wir, dass Rogacki bereits geschlossen hat, also müssen wir wohl oder übel mit der Gegenwart Vorlieb nehmen, die uns, aus äußerst unterschiedlichen Gründen auch fremd ist und die wir bei Spreegold an uns vorübergehen sehen, wohin wir stattdessen gehen, weil fürs Literaturhauscafé unser Budget wieder zu knapp ist. Spreegold ist nicht das Romanische Café, muss es auch nicht sein, mit Mara macht mir das sowieso kaum etwas aus. Wir sitzen ebenerdig, im hinteren Bereich, vis a vis der Kaiser-Wilhelm-Gedächtniskirche, obwohl es im ersten Stock zugegebenermaßen schöner wäre und man einen wundervollen Ausblick hätte, aber unten sitzt man hinter großen Fenstern quasi direkt an der Straße, auf der sich neben Guccifrau, Investmenttyp, Prollopa und verrückter Flaschensammlerin so ziemlich alles tummelt, was sich denken lässt, und auch was eher undenkbar schien. Hipster sieht man, nicht so zahlreich wie in Mitte und, bei aller Kostümierung, sogar vergleichsweise angezogen. Mara und ich sitzen da, sehen hinaus, sprechen kein einziges Wort und wissen doch genau, was der andere denkt, als die Nerzstola vorbeiläuft, der pinke Jumpsuit und das Ponykostüm. Bei letzterem müssen wir lachen, weil es ein Mitte Dreißigjähriger mit bitterer Leidensmiene trägt – wir hoffen, er hat eine Wette verloren.

Nach dem Essen flanieren wir ein wenig die Joachimsthaler Straße entlang, gehen weiter Richtung Uhlandstraße und beschließen spontan, einen Film im Cinema Paris anzusehen. Zu meiner Überraschung läuft derzeit eine Romy-Schneider-Retrospektive und gerade an diesem Abend die »Dinge des Lebens«, also mein Lieblingsschneiderfilm in meinem absoluten Lieblingskino – obgleich ich an Zufälle glaube, werde ich stutzig, sage aber nichts. Als Mara allerdings, kurz bevor im Saal die Lichter verlöschen, aus ihrem Rucksack zwei richtige Weingläser und eine gute Flasche Merlot hervorzaubert, wird sogar mir Simpel klar, dass dies wieder eine echte Maraüberraschung war, dass es eben in meinem Leben drei Schicksalsinstanzen gibt: Zufall, Glück und Mara, von denen Mara wohl diejenige ganz ohne Wermutstropfen ist.

Kapitel IV

Es begann ausgerechnet bei Kranzler. Nicht dass Kranzler für uns erste Wahl gewesen wäre, eher im Gegenteil, aber manchmal überkam es uns und dann gingen wir in die typischsten Touristenläden, benahmen uns vorbildlich albern und nutzten die Gunst der Stunde, Urlaub in der eigenen Stadt zu machen, denn gerade die Orte, die jeder kannte, waren uns ziemlich unbekannt. Weder meinten wir die Oberbaumbrücke unbedingt sehen zu müssen noch die Gärten der Welt, den Volkspark Friedrichshain schon gar nicht, ebenso kalt ließen uns Madame Tussauds oder das Neue Museum mitsamt Nofretete. Alles ließen wir gerne den anderen für einen Nachmittag im Schwarzen Café oder eine Fahrt im 100er Bus. Unsere Sehenswürdigkeiten, das waren der U-Bahnhof Schöneberg, der Kiosk a là Paris in der Uhlandstraße und das Ullsteinhaus. Unsere Besichtigungsrouten schlossen den RIAS mit ein, suchten das Geburtshaus von Marlene Dietrich oder ein unscheinbares Gebäude in der Stubenrauchstraße, in dessen Dachgeschoss 1927 die Comedian Harmonists gegründet worden waren. Unser Brandenburger Tor war ein italienischer Feinkostladen in Nähe des Stuttgarter Platzes, unser Fernsehturm das Kantkino und unser Reichstag die Philharmonie. Kein Landwehrkanal, kaum Spree und sowieso keine Havel (Potsdam war für uns eine Unendlichkeit weit entfernt, und wie es Liebende nach Rheinsberg ziehen konnte, war uns ganz und gar unverständlich), allenfalls einmal der Wannsee, aber eigentlich auch nur, um mit einem kleistschen Doppelselbstmord zu kokettieren. Wir waren wohl ein wenig verbohrt und hielten es für Snobismus, doch was wir suchten und oft genug fanden, war eben ein ganz anderes, imaginiertes Berlin, eine Mischung aus Futurium und Stadtschloss, aus Gorki-Theater und königlich preußischer Hofoper. Wir lebten auf in der Fasanenstraße und standen ratlos vor Dussmann, nicht begreifend, was einen dorthin treiben könnte, wo dem Ideenmangel hübsch verzierte Büchlein als Unterlage geboten wird und sich selbsternannte Individualisten mit hunderttausenden Artgenossen Jahr für Jahr mit einem möglichst teuren Füller selbst beweisen, dass sie Künstler seien.

Nur von Zeit zu Zeit zog es uns zu den Kaffeefahrtenzielen, von Kranzler waren wir sogar einigermaßen positiv überrascht, auf der Terrasse saß man nämlich wirklich hervorragend, die Aussicht war fabelhaft und machte sich bei mir vor allem dadurch beliebt, dass das Ganze nicht zu hoch gelegen war. Der Kaffee schlug bloß leicht auf den Magen und das Wetter zeigte sich gnädig und mild. Es war gegen halb elf Uhr in der Früh, ein goldenes Morgenlicht im Stile einer Netflixkomödie durchstrahlte den Kurfürstendamm, leichter Wind ging, quasi eine Brise, sanftes Rauschen der Alleebäume von ferne, die sich langsam herbstlich bunt verfärbten. Wenig andere Gäste, ein blaugemachter Arbeitstag, also irgendwie gestohlen und dadurch doppelt schön – das Einzige, was fehlen mochte, war vielleicht Filmmusik. Ansonsten ein zurückhaltender, perfekter Moment. Ich habe kurz darauf versucht, ihn in einem kleinen Text festzuhalten, versucht ihn ein wenig zu entfremden, wenngleich Mara trotzdem eher empfindlich darauf reagierte – doch war es der erste meiner Texte, der gedruckt wurde, in einer großen Berliner Tageszeitung sogar, und er versucht genau das festzuhalten, was bei Kranzler geschah, nämlich alles und im Grunde nichts. Mara mochte den Text nicht, aber bloß, weil sie ihn viel zu sehr mochte; das sagte sie jedenfalls später:

Man wird selbst in Berlin kaum umhinkommen festzustellen, dass es nicht New York ist. Während wohl selten jemand in New York wehmütig an Berlin denkt, geschieht es hier manchmal, dass mir ein gewisses elitäres Großstadtgefühl abhandenkommt. Was dagegen tun? Maeve Brennan lesen kann nicht die einzige Option sein (wobei man dies dringend tun sollte). Ich empfehle: gehen Sie zu Kranzler. O nein, werden Sie vielleicht stöhnen, dieser Touristenschuppen – grauenvoll. Damit tun sie Kranzler allerdings unrecht und den, unleugbar grauenvollen, Touristen ebenfalls ein klein wenig.

Es scheint fast, als müsse man sich rechtfertigen, wenn man gerne zu Kranzler geht, wobei ich nicht einmal gern hingehe, geschweige denn oft und drinnen kann man sowieso nicht sitzen, da ist es tatsächlich nicht zum Aushalten. Aber auf der Terrasse sitzt es sich eben doch ganz schön, man hat den Kurfürstendamm zu Füßen und für Menschen, die sich gerne über andere ärgern, ist die Fülle an Touristen ein wahrhaftiges Fest. Anders formuliert: ich gehe lieber zu Kranzler als in den Zoo. Außerdem hat das Ganze, wie ich finde, von außen gesehen durchaus einen gewissen Reiz, den Charme vergangener Zeiten (wobei sich über deren Charme streiten lässt), ja wenn ich dort ab und zu auf der Terrasse sitze, denke ich, es könnte gleich eine gewisse Frau Knef Einzug halten, eine junge, noch nicht aufgedunsene, noch nicht verschiedene Frau Knef. Es ist halt viel Einbildung mit dabei, man klammert sich an Marken, Namen, weil einem die Worte für anderes fehlen.

Neulich allerdings geschah dort, just zwischen Touristen und Bananenbrot, tatsächlich etwas besonders, wenn es wohl auch keiner außer mir bemerkt hat. Ich war gerade dabei, mich über einen Herrn mittleren Alters zu wundern, der es offenbar relativ selbstverständlich fand, allzu vernehmlich zu sein und nicht müde wurde anzumerken, dass der Kaffee hier vollkommen ungenießbar sei, was ihn keineswegs hinderte, dennoch

Tasse um Tasse mit anschwellender Empörung zu leeren. Sein Klagelied dauerte mich, weniger meiner Nerven wegen, als dass es mir viel mehr um die Ruhe eines jungen Paares zu tun war, das dort oben schweigend und lesend saß. Dieser Umstand ist per se freilich keineswegs sonderlich bemerkenswert, aber die Art, in der sie lasen, berührte mich irgendwie sonderbar. Jeder las eine Zeit lang sein Buch, vielleicht fünf, vielleicht zehn Minuten, dann blickten beide, stets zur selben Zeit, auf, sahen sich freundlich an, lächelten fast ein wenig und tauschten die Bücher. Wieder fünf oder zehn Minuten las einer nun im Buch des anderen und so ging es hin und her und ich dachte mir, sie bewundernd und ein wenig beneidend: wer zusammen lesen kann, hat sich wirklich gefunden. Sie taten es dermaßen entspannt, beinahe nebensächlich, dass es niemandem weiter auffiel, und wenn sie nicht gestorben sind, möchte man wünschen, dann sitzen sie da bis heute.

Jedoch der Kaffee war dem Herrn weiterhin zu schlecht, Frau Knef ließ sich nicht sehen, und also ging ich. Trotzdem verbitte ich mir jegliche Abfälligkeit gegenüber Kranzler. Für zwei, die es wirklich verdient haben, war es einmal die perfekte Kulisse und wer weiß, was dort sonst noch alles möglich ist.

Natürlich war das mit dem Büchertausch Maras Idee gewesen. Ich hatte, wie damals eigentlich immer, irgendetwas von der Bachmann dabei, ich glaube, es war das »Dreißigste Jahr«. Maras Buch war ausgefallener, die Memoiren eines Jazzmusikers, der seine Kindheit und daran anschließend das Kriegsende in ihrer Heimatstadt ver- und erlebt hatte. Das Buch war nichts Besonderes, ein bisschen sentimental, ein bisschen verbittert (was wohl Memoiren älterer Herren zwangsläufig mit sich bringen), was mich jedoch wunderte war, dass Mara ein Buch las, das sich eher mehr denn weniger mit der Gegend ihrer Herkunft auseinandersetzte. Es schien mir undenkbar, dass sie dieses schwäbische Kaff noch auf irgendeine Art und Weise beschäftigen konnte, wie ja auch mich mein fränkisches Kaff nichts mehr anging. Wir wollten Berliner sein, am besten Weltbürger, wenn das ginge ohne Berlin zu verlassen – und da sitzt sie mit mir bei Kranzler und denkt an daheim?

»Lass uns in Kino gehen – Frau Bachmann hat mich derart runtergezogen, ich brauche ein wenig Laisser-faire, was Amüsantes. Wir könnten beim Lux vorbeisehen, wenn du magst«.

Obwohl ich gern ein wenig länger bei Kranzler auf der Terrasse gesessen hätte und überdies keine sonderliche Sympathie für das Lux-Kino hatte, willigte ich ein, denn ich begann zu merken, dass Mara etwas beschäftigte, sie mehr und mehr unruhig wurde, und gerade in einer solchen Stimmung Zerstreuung nötig hatte.

Der Film, in den wir gerieten, war dafür allerdings denkbar ungeeignet. Der ganze theatralische Schmarren gipfelte darin, dass ein Sohn bei seiner ausgezehrten alten Mutter am Sterbebett sitzt, sich nackend auszieht, sich auf sie legt und quäkt, er wolle zurück in ihren Schoß. Nicht allein, dass es degoutant war, es war auch ein äußerst billiger Schock. Bis zu dieser Szene war Mara mehr und mehr nervös geworden, beim Anblick des fetten Sohnes auf seiner röchelnden Mutter war es dann endgültig aus. Erst spie sie in die leere Vorderreihe, dann verließ sie fluchtartig den Saal.

»Darf man das als körperlich ausgeübte Kritik verstehen?«, versuchte ich es vorsichtig ironisch, als ich sie wie ein Häuflein Elend in einem Eck des Foyers fand.

»Lass mal lieber ...«, gab sie ungeheuer traurig und wie erschöpft zurück. Jetzt erst sah ich die paar schweren Tränen in ihren schönen, großen Augen und hielt sie damals für ein wenig empfindlich, ahnungslos wie ich war. »Willst du mir vielleicht einen Schnaps oder sowas ausgeben?«, fragte sie etwas gefasster. Das tat ich natürlich gerne und wusste gleich sehr genau, wo am besten.

Im Feuerbach in Steglitz war ich mit Mara nie zuvor gewesen, hatte es immer gespart für den geeigneten Abend, der ein besonderer zu sein hatte unter all den ohnehin besonderen Abenden mit ihr. Dort, dachte ich, wird man früher oder später jede Melancholie los, derart anheimelnd gemütlich war es im Feuerbach – gemütlich allerdings ohne dadurch eine gewisse unaufdringliche Eleganz zu verlieren. Kein Vergleich etwa mit dem Hannibal, ein Lokal für ausschweifendere Abende von der Sorte, die man dann irgendwann lieber wieder vergisst, auch anders als das Literaturhauscafé, das üppiger daherkommt, ein Ort großer Gesten und Worte, die einem hinterher erst peinlich werden – das Feuerbach ist eher nüchtern, bestimmt von klaren Linien, Marmorboden, eine langgeschwungene Bar, zu beiden Seiten des Eingangs alte Telefonzellen, im hinteren Restaurantbereich ein Kamin, große Fenster – edel also wie das Café Baier, nur doppelt so chic.

»Wie schön es doch bei Kranzler heute Morgen war«, versuchte ich es mit etwas Reminiszenzenromantik, sobald wir Platz genommen hatten und Mara weiterhin eine gewisse Betrübtheit schwer verbergen konnte.

»Ach das – alte Geschichten.«

Mir wurde immer mehr bewusst, dass es heute etwas Ernstes sein musste, dass keine Erinnerung, kein Feuerbach sie würden aufmuntern können.

»Und ich darf nicht fragen was eigentlich ...«

»Noch nicht. Bitte besteh nicht darauf. Sobald ich kann, sag ich's dir. Versprochen.«

Einen faden Cava über, eine schweigende Suppe lang sprachen wir gar nichts, Mara hatte heute kein Auge für die Schönheiten dieser Bar, es drängte sie fort, wobei sie zugab, selbst nicht zu wissen wohin. An diesem Tag aber hatte einmal sogar ich einen Einfall.

»Lass uns ein wenig spazieren fahren«, schlug ich vor und Mara sagte wohl nicht nein, denn Straßenbahnfahren ist ein altes Hausmittel gegen Kummer aller Arten. Wir fuhren längstens eine Stunde, da kamen wir zum Hauptbahnhof.

»Du, ich muss mal wohin.«

»Wirklich? Können wir nicht ein bisschen weiterfahren?«

»Es ist leider wirklich dringend. Weißt du was, ich gehe schnell in den Bahnhof auf die Toilette, du wartest hier so lange, und dann können wir gleich weiter.«

»In Ordnung, aber beeil dich.«

Es behagte mir nicht sonderlich, Mara in diesem Zustand allein zu lassen, dennoch ging ich hinein und löste rasch zwei Karten für den Schnellzug nach Paris, erster Klasse, man frage nicht von welchem Geld. Draußen fror derweil Mara, die steigerungsfähige Laune hatte, als ich zu ihr zurückkam.

»Wo bleibst du denn? Jetzt ist uns die Bahn vor der Nase davongefahren und die nächste kommt erst in einer Dreiviertelstunde.«

»Du irrst, unsere Bahn geht in einer Viertelstunde.«

»Unsinn, schau doch auf die Anzeige.«

»Unsere Bahn wird auf dieser Tafel nicht geführt«, ich holte die Karten aus meiner Tasche.

»Paris?!« ihre Augen leuchteten auf – »aber wie ... ich meine: Jetzt? Einfach so?«

»Ich hatte den Eindruck, in Berlin wirst du heute nicht mehr froh, und so ein Frühstück in Paris und dann vielleicht ein kleiner Spaziergang an der Seine, ehe wir zurückfahren, das hat was, wie ich finde.«

»Du Wahnsinniger. Ich lieb dich.«

»Ich Dich schon auch.«

»Was heißt hier schon«, fand sie wieder in eine vorsichtige Fröhlichkeit zurück und boxte mich liebevoll in die Rippen.

»So gern ich mit Dir über unsere Liebe diskutieren würde, aber wir müssen los, sonst fährt uns der Zug auch davon.«

Es war tatsächlich kurz vor knapp, als wir am Gleis ankamen, die Schaffnerin hatte bereits das Pfeiffsignal gegeben und gerade wollten sich die Türen schließen, da sah sie uns rennen, stoppte so lange, bis wir im Zug waren, und schon gings los. Ich sah aus dem runden Fenster der Tür wie ein älteres Ehepaar dem Zug hinterherrannte – »Zu spät«, dachte ich mit leiser Schadenfreude und einem spöttischen Blick zurück auf den dicken, röchelnden Mann und seine keifende Frau. Das süffisante Lächeln noch im Antlitz, setzte ich mich neben Mara, die uns bereits einen Platz gesucht hatte und hörte die Durchsage der Schaffnerin: »Juten Abend meine Damn und Herrn, ick darf sie Willkommn zu heißen auf unsrer Fahrt nach Ostseebad Binz, über Rostock, Stralsund, Berjen auf Rügen ...«

»Auf unserer Fahrt wohin?«, fragte Mara entsetzt – mein gehässiges Lächeln verflog im Nu.

Es ging dann Gott sei Dank alles gut aus: Mara war durchaus begeistert von der Idee, stattdessen ans Meer zu fahren, die Schaffnerin zeigte ein menschlich Herz und buchte die Karten, wenn auch mit Murren, um und es war ja keineswegs Mutwilligkeit gewesen, die uns in diesen Zug gebracht hatte, sondern ein Gleistausch, der keineswegs überdeutlich angezeigt oder ausgerufen worden war.

»Ein komischer Zufall. Stell dir vor, wir wären in einen Zug nach Bitterfeld oder Bautzen geraten. Nicht auszumalen ... Aber so: weißt du, ein bisschen besonders ist das immerhin, ich war nämlich nie zuvor am Meer«, gestand ich.

»Ich weiß«, sagte sie zu meiner vollkommenen Überraschung.

»Was weißt du?«

»Dass du nie am Meer warst.«

»Aha. Und woher?«

»Erinnerst du dich an dein Gedicht, das vom Meer handelt? Es war ja recht nett, aber Meer war keines darin.«

»Wenn ich das Gedicht nicht so peinlich fände, würde ich so tun, als wäre ich eingeschnappt«

»Lieber, das bleibt dir doch unbenommen. Davor könntest du mir allerdings zum Einschlafen mein Lied summen.«

Ihr Lied, also unser Lied: »Speak low« von Kurt Weill. Sie hatte es nicht gekannt und lange habe ich es heimlich gehört, weil ich dachte, sie fände es ganz fürchterlich kitschig, doch einmal kam sie zu einem Überraschungsbesuch in mein gar nicht mehr derart trauriges Zimmer, und ich war zu langsam es abzustellen.

»Nein, lass«, hatte sie gesagt – »das passt zu uns: ein bisschen kitschig, ein bisschen traurig, ein bisschen mondäne Pose. Ich mag das«.

So saß ich also nachts um drei auf dem Weg ans mir unbekannte Meer mit einer blonden Schönheit im Nachtzug, die auf meinem Schoß lag, der ich »Speak low« vorsummte und war glücklich und gleichzeitig irritiert vom eigenen Glück, dieser sonderbaren Situation, diesem sonderbaren Leben, das alle Rückschläge, alle Irritationen, alle Schwere durch derart leichte, wundersame Momente zu entschädigen wusste. Das immer ein zu viel und zu wenig gewesen war und dadurch zwar anstrengend zu leben, aber auch faszinierend. Oft kam es mir vor, als sähe ich mir bei all dem bloß zu, wäre mein Leben ein Film und ich weniger Hauptdarsteller als viel mehr Publikum. »Its late, Darling, its late ...«

Maras Stimme klang bereits wie von Ferne, wie aus einem Traum heraus in mein halbstummes Gesumme hinein: »Du hast mich heute gerettet, einfach gerettet, obwohl du gar nicht weißt wovor. Meine Mama – es ist heute ... ihr Todestag«. Sie schloss die Augen, es gab einstweilen nichts mehr zu erzählen. Sie hatte wieder ein Geheimnis preisgegeben, was ihr sehr schwerfiel, und wusste wohl auch, dass es mich noch beschäftigen würde, diese Nacht lang. Erst einmal konnte ich es nicht fassen, dann hätte ich am liebsten losgeheult, weil es mich irgendwie überkam und schließlich sank mir die Müdigkeit dermaßen bleischwer in die Glieder, dass ich kaum anders konnte, als in unruhigen Schlaf zu verfallen. Das war der längste Tag meines Lebens. »Our summer day withers away too soon, too soon ...«

Kapitel V

Es war ein bisschen tragisch, nicht allzu arg (aber man stellt es sich freilich anders vor), dass mich das Meer, um es vorsichtig zu formulieren, eher weniger interessierte. Um es anders zu sagen: der Strand, das endlose Wasser, Möwengeschrei, der immer gleiche stählern blaue Himmel, Wind und Wolken, dazu eine Sonne mit kaltem Licht und vor allem das piefige Bad Binz langweilten mich tödlich. Weder bekam man hier eine Neue Züricher Zeitung, noch gab es ein uns gemäßes, stilvoll verkommenes Lokal – alles entweder zu nobel oder zu profan, dazu lauter Rentner ringsumher, jeder in beigenen Hosen und einige mutige Seniorinnen gar mit lila Tönung (sie selbst hätten das wahrscheinlich als »ein bissl verrückt« bezeichnet) – so trivial kann die Hölle sein.

Was wir jedoch hatten, und was wir nach unserem ersten ausgedehnten Spaziergang auch nicht mehr ausführlicher verließen, war ein zufällig freigewordenes Ferienhäuschen, das streng genommen bloß aus einem Zimmer und einem Bad bestand, ein hübsches winziges Holzhaus abseits der Promenade, annähernd abseits der Zivilisation sogar und direkt am Meer. Zugegeben, ich hatte mitunter die leise Sorge, es könne plötzlich Hochwasser geben und uns davonschwemmen, da mich Mara jedoch sehr zu Recht ausgelacht hatte, als ich ihr dies gestand, schwieg und verdrängte ich.

Und im Verdrängen waren wir beide Meister. Kein Wort, kein einziges sprachen wir über den Tag zuvor, darüber, dass Mara keine Mutter mehr hatte und warum – über was man sonst eben normalerweise gesprochen hätte – wir gingen uns Schlafanzüge und etwas Unterwäsche kaufen, Waschzeug auch, lagen den ganzen Tag in ebendiesen Schlafanzügen im

Bett, wenn es draußen stürmte und im Strandkorb, wenn das Wetter es gerade zuließ. Nur abends zogen wir unsere richtigen Kleider an, Anzug und Abendkleid (wir hatten ja nischt anderes damals) und gingen irgendwo essen, viel Brot vor allem, da wir beide keinen Fisch mochten, eben ein Preis der Spontanität. Nebenbei rechneten wir aus, wie lange wir uns diese Lebensweise würden leisten können, kamen nach einigem Hin und Her und dem enormen Geistesblitz, man sollte wohl besser die Rückfahrt mit einrechnen, auf ganze vier Tage und beschlossen folglich drei zu bleiben, denn wir trauten unseren Rechnungen keineswegs und kalkulierten daher lieber großzügig.

Als ich am anderen Morgen in jenem hellen weißen Zimmer erwachte, das Rauschen des Meeres sanft im Ohr, Maras Kopf auf meinem Bauch ruhend, ganz ruhig schlafend, mit einem gelösten, vollkommen entspannten Gesicht, dessen Anblick einen Anflug heftigster Verliebtheit in mir auslöste, da musste ich sehr glauben, fortwährend zu träumen. Es kam mir das Mahler-Lied »Ich bin der Welt abhandengekommen« in den Sinn, das inzwischen vielleicht etwas abgedroschen ist, als eine Art Modekitsch für romanhafte Gehirne, aber in Momenten reinster Empfindung offenbart sich eben jedes Meisterwerk vor allem als ehrlich. Ich glaubte jedenfalls tatsächlich es zu hören. Ich hörte es.

Ich bin gestorben dem Weltgetümmel,
und ruh' in einem stillen Gebiet.
Ich leb' allein in meinem Himmel,
In meinem Lieben, in meinem Lied.

Mir ist bewusst, dass das, was ich in jenem Augenblick in diesem Stück erfühlte, erst durch die Musik zum Ausdruck gebracht werden kann und dass ich wahrlich nicht allein war, mitunter allenfalls in meinem Lied, denn wir waren dem Weltgetümmel gestorben, wir ruhten in einem stillen Gebiet, wir lebten in unserem Himmel, in unserem Lieben – es hätte mir bang werden sollen bei diesem Gedanken, denn ein mehr, ein darüber hinaus war ziemlich undenkbar, wo hätten wir sonst hin sollen, wenn nicht in unseren Himmel, unser kleines Häuschen am Strand, das wir für vier Tage bezogen hatten, in der leisen Hoffnung, es könne vielleicht irgendwie für immer sein.

Wir sitzen aneinander gelehnt in unserem bereits sehr vertrauten Strandkorb und blicken hinaus aufs Meer und schweigen und blicken aufs Meer und schweigen und blicken aufs Meer und schweigen.

»Sag mal, warum langweilen wir uns eigentlich gar nicht?«

»Warum sollten wir uns langweilen?«

»Weil wir den ganzen Tag von früh bis spät absolut nichts tun.«

»Aber das doch sehr gewissenhaft.«

»Sicher, aber was tun wir unterdessen?«

»Wir sind verliebt!«

»Glaubst du ...«

»Ich hoffe.«

»Braver Junge. Du hast natürlich ganz recht, obwohl das eigentlich meine Aufgabe ist.«

Und fortwährend blicken wir hinaus auf Meer und schweigen. Wolken fliegen vorüber, kleinere Wellen schlagen, es ist diesig. In der Staatsoper gäben sie heute Abend den »Fliegenden Holländer«. Als ob sie Gedanken lesen könnte, unterbricht Mara endlich das sture Hinaussehen und Schweigen:

»Ich fürchte wir verbauern. Wir hören keine Musik, wir lesen nicht ...«

»Kann es sein, dass dir langweilig ist?«

»Schrecklich. Das Meer ist irgendwie öd, wenn's keine Kulisse ist. Und damit es eine wird, müssten wir mal wieder ein wenig zaubern.«

»Nun denn, Mademoiselle Klingsor, das ist vornehmlich Ihr Metier.«

In einer kleinen Buchhandlung im Ort, zu der Mara dann allein gegangen war, kaufte sie ein Buch, dessen Autor mir vorher ausschließlich als Musiker bekannt war: »Die Gischt der Tage« von Boris Vian. Sie begann mir vorzulesen und das, fürchte ich, veränderte alles – wir beschworen eine Wasserlilie und die wuchs, ohne dass wir es merkten. Vorerst waren wir ganz vernarrt in dieses Buch, das ja schließlich nichts dafür kann. Wir nahmen uns vor, es als Bibel anzusehen, redeten uns ein, Duke Ellingtons »Chloe« schön zu finden, waren vom Text mal belustigt, mal irritiert und zum Schluss annähernd verzweifelt, regelrecht mitgenommen – lachten uns deswegen selbst aus und beschlossen dann doch allem Glauben abzuschwören und mit Bewunderung vorlieb zu nehmen. Erst ganz nebenbei fiel uns auf, dass wir mit der »Gischt der Tage« einmal ein Kunstwerk gefunden hatten, das uns miteinander verband. Selbstredend habe ich es später nie wieder gelesen und, ich gehe jede Wette ein, Mara sicher ebenso wenig.

Sie sitzt am Fußende des Bettes, ich am Kopfende, wir sehen uns an und hören währenddessen »J'suis snob«, man will ja beim Thema bleiben.

»Sollten wir uns albern vorkommen?«

»Nur wenn wir anschließend ins Casino gingen.«

»Ich glaub hier gibt es gar kein richtiges Casino«

»Was?! Und in solche Käffer führst du eine Dame aus? Dabei wollte ich doch mein letztes Hemd verspielen.«

»Ich könnte Dir behilflich sein es anderweitig loszuwerden.«

»Wüstling!«

»J'suis snob.«

»Das hättest Du wohl gern ...«

Hatte ich eigentlich je das Verletzliche in ihrer Stimme bemerkt? Es war mir nie besonders aufgefallen, dass selbst wenn sie im Scherz sprach, ihre Stimme stets zu versagen drohte. Sie klang nicht heiser und war keineswegs angestrengt, sie hatte eine natürliche, liebe, vielleicht mitunter etwas hohe Stimme, das was sie verletzlich machte war, dass sie manchmal plötzlich zu versagen drohte, als schnitte jemand ihr die Luft ab, die Worte, die sie genauso brauchte wie die Luft zum Atmen, weil wir beide, und Mara besonders, niemals die Stille ertrugen. Es war ein wenig wie mit ihrem Lachen, in das ich mich gleich verliebt hatte, diesem oberflächlich gelauschtem Maralachen konnte man leicht verfallen, aber eben allein dem ersten, lauten Lacher, der zweite hätte einen bereits erschrecken müssen, der verschluckt wurde, abgewürgt und keinen dritten mehr duldete. Diese Überlegungen waren und sind vielleicht wirklich Unsinn, doch seitdem ich das mit ihrer Mutter erfahren hatte, ertappte ich mich häufiger bei solchen Gedanken, schämte mich ein bisschen dafür und nahm mir vor, weiterhin tapfer über dieses Thema hinwegzuschweigen.

»Kannst Du schwören?«

»Ich wüsste zwar nicht auf was oder wen, aber prinzipiell sicher.«

»Dann schwör auf uns.«

»Was soll ich schwören?«

»Dass du nie darüber schreiben wirst.«

»Über was?«

»Über das, was ich dir sagen möchte.«

»Ich versuche prinzipiell nicht über dich zu schreiben.«

»Wenn dem nur so wäre. Egal. Schwöre: Das folgende bleibt geheim.«

»Ich verspreche es dir.«

»Schwör.«

»Ich schwöre.«

Dann allerdings schwieg Mara eine Zeit lang, suchte merklich nach passenden Worten und brachte letztlich bloß ein paar kurze, grausame Sätze heraus:

»Es war Krebs. Ich war zwölf, meine Schwester fünfzehn, als sie starb. Mein Papa ... naja ...« – sie weinte und ich stand daneben wie ein Idiot, hilflos und feig. »Er hat sich seitdem nie mehr zurechtgefunden – im Leben ...« Es war Mara unmöglich weiterzusprechen und insgeheim war ich froh darüber. Und was hatte sie da gesagt: ihre Schwester? Ich war nie auf die Idee gekommen, sie könne Geschwister haben. Sollte ich irgendetwas sagen? Sie hatte sich gefasst, holte tief Luft: »Wann anders vielleicht mehr. Ich muss kurz etwas für die Uni vorbereiten, magst du so lange ein bisschen spazieren gehen?«.

Ich mochte nicht und ging selbstverständlich, obwohl ich wusste, dass Mara derweil im Bett liegen und an die Decke starren würde, was sie immer tat, wenn ihr alles zuviel wurde.

Während meines Spaziergangs bekam ich einen Anruf. Es war der Feuilletonchef des »Kuriers«, dem ich zwei Tage zuvor meine eilig hingeworfene Kranzler-Skizze geschickt hatte, als eine Art Kolumne ohne Kolumne. Er sagte nicht, dass mein Text angenommen sei, er fragte nur, ob zweihundert Euro genug wären für den kleinen Text. Gern hätte ich ihm ins Ohr gejuchzt, wahrte aber Gott sei Dank die Contenance und fragte, was er denn dann für die nächsten Beiträge zahlen würde.

»Schicken se ma, det wern wa denn schon sehn. Also abjemacht?

»Abgemacht.«

Nächste Woche würde der Text erscheinen, mit Namen und Optionen und einem exorbitanten Honorar – ich war selig, ach was: Ich war Krösus. Zumindest ging es endlich langsam los, wollte ich hoffen.

Mara erzählte ich zunächst nichts davon. Der Mann von der Zeitung wollte mir gegen Abend einen richtigen Vertrag per Mail schicken, den wollte ich Mara zeigen, mit ihr feiern und planen, wie die zweihundert Euro wohl am besten zu verprassen wären.

Der Abend kam, der Vertrag kam, die bestellte Pizza kam. Die erhoffte Reaktion bleib aus.

»Was hast du denen denn geschickt?«, fragte Mara ein wenig reserviert. »Und vor allem wann? Ich hatte ja keine Ahnung.«

»Es sollte eine Überraschung werden, gesetzt den Fall, es klappt ... Ein ganz neuer, kurzer Text.«

»Lies ihn doch mal.«

Und da es wohl kaum einen Schriftsteller und vor allem kaum einen Möchtegernschriftsteller gibt, der dieser Einladung widerstehen könnte, tat ich es, unvorsichtigerweise. Maras sonst so freundlicher Mund wandelte sich im Verlaufe meiner kleinen Lesung zu einem schmalen, verkniffenen Strich. Als ich endete, sagte sie zunächst gar nichts und dann nichts weiter als:

»So viel dazu. Von wegen du schreibst nicht über mich.«

»Aber du kommst ja quasi gar nicht vor, zumindest nicht ...«

»Ich habe dir immer gesagt, dass es meine größte Angst ist, egal wie viel oder wenig da von mir drin ist. Ich möchte nicht beobachtet, nicht seziert, nicht interpretiert werden.« Sie hatte sich in eine unterdrückte Wut gesteigert, dann sank ihre Stimme, wurde ganz leise und traurig: »Ich bin müde.« Sie nahm die Kissen und Decken vom Bett und ging aus dem Zimmer. »Wo willst du denn hin?«

»Ich schlafe in der Badewanne. Gute Nacht, Herr Großschriftsteller.«

Am nächsten Tag wurde ich von Maras Packgeräuschen geweckt.

»Bleib ruhig liegen. Mittags kommt die Besitzerin zur Abnahme, dein Zug nach Berlin geht um Drei. Die Karte habe ich vorhin gelöst, sie liegt auf dem Kästchen im Gang.«

»Und warum packst du jetzt, wenn wir erst um Drei fahren?«

»Mein Zug geht in einer Stunde«

»Dein Zug?«

»Du hast noch immer nicht begriffen, wie sehr mich das verletzt hat. Ich habe dir gerade in dieser Angelegenheit vertraut ...« Wieder drohte ihr die Stimme zu versagen.

»Und weiter? Was soll werden?« Verzweiflung packte mich.

»Ich muss nachdenken. Allein – und das empfehle ich dir auch.«

Sie gab mir einen flüchtigen Kuss auf die Wange, kaum dass sie mich berührte und ging hinaus. Im Gang hörte ich, wie sie die Schlüssel auf das Kästchen legte, dann fiel die Haustür bereits ins Schloss. Sollte ich ihr hinterherrennen? Nein, das wäre das Dümmste gewesen, allein der Szene wegen, die Mara gehasst hätte. Ich hatte sie gefunden, im riesigen Berlin, an einem Tag, der Aussichtslosigkeit getrotzt, nun musste ich wiedergutmachen, was ich verbockt hatte, ein zweites Mal zu ihr finden, sie wiederfinden. Ich las die Kolumne ein ums andere Mal und konnte beim besten Willen nichts Verwerfliches darin erkennen, allein es hatte sie gekränkt und ich gebe zu, ich hatte ihr versprochen, sie nie in einen Text einzusperren – gleich wie harmlos er war, Mara mochte ihn als unscheinbaren Beginn einer literarischen Vivisektion fürchten.

Die Vermieterin hatte nichts zu beanstanden und lebhaft bedauert, dass sie die überaus nette junge Dame nicht mehr angetroffen hatte. Ich bedauerte es mindestens ebenso sehr. Im Zug dann eine neue Mail: wegen Platzmangels erscheine mein Text nun doch nicht, eventuell zu einem späteren Zeitpunkt, das Honorar würde selbstverständlich dennoch überwiesen werden. Freundliche Grüße. Das hatte sich ja rentiert.

Zurück in Berlin war mein Leben ein deprimierender Ufa-Film geworden. Dunkelgraue Wolken hingen über der Stadt und nach und nach wehten kühle Oktoberwinde die Blätter von den Blüten. Die Imposanz der Stadt erdrückte mich ebenso wie die meiner Gefühle, meiner Verlassenheit. Stundenlang ging ich durch die entlegensten Straßen, habe mir damals wahrscheinlich ganz Westend bei miesem Wetter erlaufen und einzig den von Ringelnatz her bekannten Sachsenplatz nicht finden können und habe ihn, ohne es zu wissen, dennoch gefunden, weil er inzwischen einfach anders heißt. Ohne Mara war Berlin nichts weiter als eine zu opulente Kulisse für einen abgesetzten Film, die sich keiner getraut abzubauen, weil sie so schön ist und so fremd – es wäre ein Kassenschlager geworden. Stattdessen nun ein Einpersonenmelodram, ich schwerfällig, angeschlagen, deplatziert auf der Suche nach Mara, die von Marianne Hoppe gespielt wird oder von Ilse Werner, alla »Große Freiheit Nr. 7«. Musik von Lothar Brühne, in etwa wie die zu »Romanze in Moll«. Es war also ganz fürchterlich und nicht weiter erwähnenswert, mein Leben als Ufa-Film, denn selbst in der größten Sehnsucht eignet sich mein Leben wahrscheinlich dennoch eher zur Groteske. Außerdem gab es ja durchaus Hoffnung, so sehr mich das mitunter selbst überraschte.

Kapitel VI

Das Ritz-Carlton war eine Sehnsucht, bevor ich überhaupt wusste, dass es in Berlin auch ein Ritz gab, eigentlich sogar, bevor ich genau wusste, dass dieses Berlin wirklich existierte. Als ich dann das erste Mal, von schamloser Neugier gepackt, voller Unverfrorenheit zum Potsdamer Platz fuhr, um solange im Ritz herumzulungern, bis man mich hinauswirft, da hatte ich keine konkrete Vorstellung von dem, was mich dort erwarten würde, sowie ich allerdings mit leicht bebendem Herzen in die Lobby trat, da waren all meine unbekannten Hoffnungen auf einen Blick erfüllt und die Sehnsucht, die ich hatte, eine etwas vage Sehnsucht nach einem Ort von vollendeter Schönheit, nach Glanz allüberall, die fand ich erfüllt und mit meinem Eintreten in diese zauberhafte Welt ließ ich die Sorgen im grauen Herbstnachmittag draußen, auf dem verregneten, schmuddeligen Potsdamer Platz und wandelte mich im Schein der Lampen und des Luxus zu der Figur in einem Woody-Allen-Film, das hoffte ich jedenfalls. Es überkam mich das Gefühl zuhause zu sein, die ganze Lobby schien einzig für mich nach meinem Geschmack (den ich damals noch gar nicht hatte) eingerichtet worden zu sein – ich fühlte mich heimisch, ohne sagen zu können, was ich hier überhaupt machte. Eventuell einen Ausflug in eine erträumte Zukunft. Wäre es nicht schön, wenn man sich nach Jahren erinnern würde, an diese erste flüchtige Begegnung zwischen dem Hotel, das mir später so selbstverständlich geworden wäre, und mir, der ich zu dem Zeitpunkt keine Ahnung hatte, dass dies alles kein Traum bleiben müsse. Aber leider, das musste es, einstweilen zumindest.

Ich begann, was sich im Nachhinein stets als Fehler erwies, zu rechnen: ich hatte hundertfünfzig Euro als absoluten Notgroschen gespart, für den Fall, ich bräuchte ein Ticktet ohne Rückfahrt fort von Berlin, dann den Rest meines Lohnes, zusätzlich das Honorar für die nie gedruckte, fatale Kolumne – alles in allem etwa dreihundert Euro, wenn ich etwas übriglassen wollte für ein Leben nach dem Ritz.

»Entschuldigen Sie bitte. Was würde ein Wochenende für zwei Personen in Ihrem Hause wohl kosten?«

»Guten Abend. Von Freitag bis Sonntag?«

»Ja, das wäre ...«

»Eine Suite oder ein Zimmer?«

»Ich denke ein Zimmer mit zwei Betten dürfte genügen.«

»Da wären wir bei genau vierhundertundfünfzig Euro. Für wann darf ich buchen?«

»Oh!, buchen ...«

»Haben Sie nicht die Absicht ...?«

»Doch, doch – in ... einem Monat vielleicht?«

»Einen Augenblick bitte. Das wäre vom siebenundzwanzigsten bis zum neunungzwanzigsten. Ja, da wäre ein Zimmer verfügbar.«

»Sehr schön. Sehr, sehr schön.«

»Wünschen Sie gleich zu zahlen?«

»Äh ... ja bitte, mit Karte.«

Als ich das Ritz verließ, hatte ich buchstäblich keinen Cent mehr und wenn man bedenkt, dass mich das nächste Geld regulär frühestens in zwei Wochen erreichen würde, mag es doch ein wenig wahnwitzig scheinen, ein Nobelhotelzimmer gebucht zu haben für sich und eine Frau, mit der man seit Wochen kein Wort gesprochen, geschweige denn überhaupt etwas von ihr gehört hat.

Da stand ich, ich buchstäblich armer Tor, ausgespuckt am ollen Potsdamer Platz und vermeinte drinnen den Barpianisten zu hören, wie in einem fernen Traum, und mir wars, als spielte er ausgerechnet »Speak low«.

Ich glaube nicht, dass sich Erfolg planen lässt, doch mit meinem zweiten Text für die fortwährend interessierte Zeitung hatte ich es ein wenig darauf angelegt und wen ich eigentlich damit meinte, dürfte kein sonderliches Rätsel sein. Sie haben ihn jedenfalls gedruckt (das Geld dafür hat mich über Wasser gehalten, es war wie ein Wunder nach der viel zu spontanen, ja leichtsinnigen Ritzgeschichte) und Mara hat ihn gelesen.

Ein etwas grauer Tag

Kann man eine Stadt lieben? Bis vor kurzem dachte ich das, weil in jeder Straße ein anderes Glück zu warten scheint und einem so viele Orte und Plätze inzwischen heilig geworden sind durch Momente und Gedanken, die man mit ihnen verbindet. Aber erst wenn die eifersüchtige Geliebte Berlin ihren Tribut erfolgreich gefordert hat, nämlich dass man allein in und mit ihr bleibt, merkt man, dass einem die Orte, an die man sein Herz gehängt hatte, erst durch andere etwas wie ein Daheim werden und selbst das Literaturhaus ist in solchen Stunden eher Wundmal als Tempel. Der Wein schmeckt saurer allein und die Bedienung verliert anscheinend auch die Achtung vor mir, wenn ich ohne Begleitung erscheine und nicht einmal mit Blumen. Die Blumenfrau hat ohnehin vergessen, was ich sonst immer wünsche, und obwohl ich mein Handy ausgeschaltet habe, schmerzt es mich ein wenig zu sehr, dass bestimmte Leute nie anrufen. An solchen Tagen ist es mir unmöglich etwas zu erleben. Nicht, dass nichts geschähe, es geschieht hier ja andauernd irgendetwas, das ist dann das Problem, das ich nicht erlebe, sondern allenfalls erleide. Meine Güte, werden Sie vielleicht denken, welch grauenvolles Ge-

jammer, bestimmt fängt er gleich an übers Wetter zu lamentieren. Nein, so weit bin ich einstweilen nicht gesunken – ich habe mich nur etwas gehen lassen. Manchmal hat man eben das Gefühl dieser Stadt nicht standhalten zu können, vor allem wenn niemals zurück geliebt wird, auch von Berlin nicht.

Einen Tag bevor ich stornieren wollte, rief sie an. Sie sagte nicht Hallo, beschimpfte mich nicht, weinte nicht – sie trug mir den ganzen Text von Anfang bis Ende vor.

»So schön hat ihn bisher keiner gelesen.«

»Ich habe ihn nicht gelesen, ich kann ihn auswendig.«

Niemandem außer Mara hätte ich das am Telefon je geglaubt.

»… vor allem, wenn nie zurück geliebt wird, auch von Berlin nicht«, wiederholte sie, leicht ironisch übertrieben. »Du Ärmster, was kann man da bloß tun?«

»Geh mir ins Ritz.«

»Und größenwahnsinnig obendrein! Tragisch.«

»Das war kein Witz. Ich habe das Zimmer bereits bezahlt.«

»Wovon?«

»Den beiden Honoraren. Eine Art Bußgeld sozusagen.«

»Wann?«

»Siebenundzwanzigster bis Neunundzwanzigster.«

»Dann sehen wir uns dort.«

»Um siebzehn Uhr am Eingang?«

»Ja.«

»Und dann?«

»Dann machen wir endlich einmal richtig Urlaub.«

»Ich lieb dich.«

»Ich dich schon auch.«

»Touché!«

Sie kam natürlich eine halbe Stunde zu spät. Alles andere hätte mich gewundert. Lange Nächte hatte ich mir ausgemalt, wie es wohl sein würde, ihr wieder zu begegnen. Würde es gezwungen werden, ein wenig befremdlich sogar? Was würde man sagen, würde man Smalltalk bevorzugen oder gleich stürmische Leidenschaften walten lassen? Bei Mara war eben alles und nichts denkbar und als sie kam, war es genau das: alles und nichts. Sicher, sie gab mir einen Kuss, klärte dann allerdings gleich das Wichtigste vorab:

»Lass uns einfach nicht mehr davon sprechen. Es müsste sich herrlich leben, ganz ohne Vergangenheit.« Sprachs und verschwand im Prunk des Ritz.

Ich stand kurz da, nicht ganz im Klaren darüber, was das nun wieder zu bedeuten hätte, wie ich denn je wieder schreiben sollte unter diesen Auspizien, ohne gleich der Reichsacht zu verfallen ...

»Kommst du, Liebling?« – da stand sie im Eingang, umstrahlt von hunderten Watt, selbst ein Lichtblick auf diesem heute früh verdunkelten Platz, ach, überhaupt ein Lichtblick in dieser Welt. Was brachte all das Nachdenken, es war Zeit all jenes auszukosten, was es Schönes gab und was es ausschließlich mit Mara geben konnte.

»Natürlich. Sofort. G'schamster Diener, Euer Gnaden.«

Wir wurden zu unserem Zimmer geführt und das für sich wäre bereits der wundervollste Ausflug gewesen, wir kamen aus dem Staunen nicht heraus und die Fassade unserer gern zelebrierten Weltgewandtheit bröckelte rasch, je mehr Schönheiten wir um uns ausmachten. Wir rissen die Augen auf wie kleine Kinder, die sich aufgemacht hatten, ohne Eltern ein verzaubertes Schloss zu erkunden. Allein die Treppe! Die große Treppe, die in die oberen Etagen führte, das war mehr als ein bloß nötiges Bauelement, sie schien geradewegs in den Himmel zu führen, in einen weißen Marmorhimmel, gesäumt von einem rankendem Geländer, durch eine Art Tor, das sich aus der Treppe selbst heraus bildete und das vorerst bloß ausschnittsweise den Blick freigab auf das, was sonst noch geboten werden würde zur Wonne des Gastes: Säulen, Leuchter, weite Gänge – wie konnte man anders als schwärmen angesichts solch unerreichbar geglaubter Kostbarkeiten. Ein Wochenende lang würde all das für uns sein, würden wir umhergehen wie Hausherren und tun, als wäre dies unser ureigenstes Element. Wenn die Zeit nur nicht wieder allzu rasch verfliegen würde, wie sie es ja stets tut, wenn man kurz davor ist, voll und ganz glücklich zu werden – da fällt es ihr dann plötzlich ein, dass alles endlich ist – bei den grauen, unglücklichen Tagen, lässt diese Erkenntnis scheinbar warten. Gerade war die Zeit unser Freund, sie nahm uns sacht bei der Hand und führte uns hinauf in unser Zimmer, mancher weiterer Überraschung entgegen.

Im Zimmer brannten alle Lampen und Musik wurde gespielt, ganz wie von mir vorab gewünscht, da ich wusste, dass Mara es hasste, in ein stummes, dunkles Zimmer zu kommen. Wenn sie ausging, ließ sie immer das Radio laufen und Licht an.

»Es ist beim Zurückkommen sonst, wie wenn man in eine Gruft hineingeht«, sagte sie jedes Mal, wenn ich sie nach Hause begleitete, als müsse sie sich rechtfertigen. »Und denk dir, der Effekt, falls ich unterwegs verunglücken sollte: dann werden sie kommen, um meine Wohnung aufzulösen und es wäre doch, als sei ich nur schnell ausgegangen, denn Licht brennt, Musik spielt – das finde ich irgendwie tröstlich.«

Ich fand die Vorstellung eher geschmacklos, sagte aber nichts, denn auf sonderbare Weise hatte mich der Gedanke auch gepackt, nach einiger Zeit ließ ich selbst immerzu das Licht brennen, wenn ich rasch fort musste, und für das Ritz hatte ich mir vorgenommen, es müsse selbstverständlich Musik laufen, wenn wir eintreten. »Speak low«? Weit gefehlt! »Where Do You Go To (My Lovely)«, wenngleich wir im Ritz waren und nicht im Hotel Chevalier.

»Es ist perfekt. Perfekt, obwohl es das Wort eigentlich nicht geben kann«. Sie warf sich auf eines der Betten und vergrub sich wie sie war, im schwarzen Trenchcoat, mit ihrem ausladenden Schal und den eisern ersparten Louboutins, in die weichen Laken und seufzte, sehr glücklich klingend, ein weiteres Mal: »Perfekt«. Dann hielt sie augenblicklich inne, richtete sich auf und sah verwundert auf das andere Bett. »Warum zwei Betten?«

»Naja, ich wusste nicht ... nachdem ich so lange nichts gehört hatte ... Weil ...«

»Ach, schon gut, man muss sich eben zu helfen wissen.«

Gesagt, getan. Sie hüpfte aus dem Bett, zog Schuhe, Schal und Mantel aus, krempelte die Ärmel ihres Rollkragenpullovers auf und machte sich daran, die Betten zusammen zu schieben. Man muss dazu wissen: man kann die Betten nicht zusammenschieben, denn sie an der Wand festgemacht.

»Festgemacht! Wer kommt denn auf solche Ideen? Was machen wir denn jetzt?« – sie klang annähernd verzweifelt. »Ob wir ein anderes Zimmer? Nein, eher nicht? Wir können doch nicht ...« Anscheinend war es ihr undenkbar, dieses besondere Wochenende in zwei verschiedenen Betten zu verbringen. Aber warum es ihr ebenso undenkbar war, zusammen in einem dieser mehr als breiten Betten zu schlafen, war mir auch nicht klar, hatten wir doch bereits in wesentlich kleineren Betten geschlafen. Es handelte sich wohl um das Symbolische. Während ich die Musik abstellte, denn selbst das schönste Lied wirkt in seltsamen Situationen nach der hundertsten Wiederholung eher enervierend, saß Mara stumm da und überlegte angestrengt. Schließlich löste sie sich aus ihrer Erstarrung:

»Es bleibt uns nichts anderes übrig: wir müssen auf dem Boden schlafen.«

»Wie bitte, was?«

»Hast Du eine andere Idee?«

»Wie wärs, wenn wir in diesen beiden Betten da schlafen, ich glaube für sowas ähnliches sind sie sogar gedacht.«

»Unmöglich. Nach der langen Zeit, nach dem was passiert ist, jetzt endlich hier, was doch ganz unglaublich ist – es muss perfekt sein und damit es perfekt wird, muss ich dich bei mir haben, ganz bei mir.«

Sie umarmte und küsste mich, was mich, geschmeichelt, gleich wieder vergessen ließ, was ich bis zu dieser Affäre auch schon fast vergessen hatte: manchmal war sie direkt ein wenig kompliziert, um das scheußliche Wort »anstrengend« zu vermeiden.

Was dem zwei Tage lang folgte, war ein Schwärmen, ein Schwelgen, ein unbeschwertes Glücklichsein und Wandeln wie im Traum. Wir gingen ganz auf in der Kulisse, hielten uns für Figuren in einem kitschigen Film oder für die Protagonisten der Romane, die wir gerne geschrieben hätten. Es war unser Märchen im Grand-Hotel und schon das Wort Grand-Hotel gefiel uns derart ausnehmend, dass wir nie verpassten, es bei den möglichsten und unmöglichsten Gelegenheiten anzubringen, selbstredend mit größtmöglicher, das Affektierte streifender Betonung:

»Gut, dass du anrufst, aber ich kann grad nicht: wir sind im Grand-Hotel.«

»Gehen wir heute Abend aus oder bleiben wir hier?«

»Du meinst im Grand-Hotel?«

»Also wenn ich einmal tot bleibe, dann begrab mich bitte im Grand-Hotel«.

Das Ritz kam auch dem Ideal unser beider wachsender Sehnsucht nach den eventuell nicht goldenen, so jedenfalls schillernden Zwanziger Jahren nahe. Es war von einem gewissen modernen Art decors geprägt, streng, elegant und in jedem Detail großartig. Die Lobby, in strahlendem Weiß gehalten, groß und großartig, mit der bewussten weiten Treppe und den herrlichen Säulen, dennoch mit lauschigen Ecken, dann der noch lauschigere, gediegene Curtain Club, mit seinen gedeckten Farben, dem mäßigen, aber eleganten Pianisten und den dunklen Sesseln und natürlich die Brasserie Desbrosses nicht zu vergessen, mit ihren floralen Fließen, den bemalten Wandpaneelen und dem dunklen Parkett. Wir haben die Brasserie am Ku'damm, in der Maison de France, sicher mehr geliebt, aber unbeschwerter, ungezwungener, später dann erinnerungsseliger waren wir stets in der Brasserie im Ritz. Der Wellnessbereich ist mir unbekannt geblieben, denn Wellness ist einigermaßen unvereinbar mit meiner Lebensweise. Mara sprach von viel, allzu viel Marmor, Buntglas und Gold. Auch mit Kristallen soll nicht gespart worden sein und darum bin ich recht froh, dort nicht gewesen zu sein. Was mir am meisten am Ritz behagte war, dass überall Blumen standen, auf jedem Tisch, in jeder Nische und aller Arten. Aber was lässt sich sonst darüber sagen? Das Perfekte spottet eben jeder Beschreibung.

Sonntagmorgen wurde mein Herz schwerer, war der trübe Herbst draußen wieder spürbar und ihre Wohnung und mein Zimmer greifbarer als der neunzehnte Stock.

»Ach Mara, wohin gehen wir jetzt?«

»Na, heim natürlich.«

»Und wo ist das?«

»Vielleicht in der Bleibtreustraße ...«

»Träum weiter.«

»Glaubst Du, nur du kennst dich mit Überraschungen aus?«

»Nein ... Aber, ich meine: Bleibtreustraße ist ein bisschen viel Traum auf einmal, oder?«

»Gut, dann zieh ich da alleine hin.«

»Wie?«

»Ich wollte es dir eigentlich erst nach unser ›splendid isolation‹ sagen, aber meine ehemalige Chefin vom Kino zieht aufs Land und will erstmal untervermieten, wohlgemerkt zu den Konditionen von 1980 und da dachte sie an mich. Tja und ich dachte an uns.«

Es war also längst nicht ausgeträumt, wenn wir auch neben der unbändigen Freude darüber, zusammen zu leben und obendrein gar in der Bleibtreustraße, gewisse Befürchtungen in uns nicht gänzlich verdrängen konnten, so obsiegte einstweilen die Lust am Hier und Jetzt und bis zum Abend, bis hinaus ins Taxi begleitet uns eine unglaubliche Festtagsstimmung. Als wir an diesem Abend endlich wieder in einem Bett lagen, da träumten wir uns eine Zeit lang etwas vor, ehe wir wirklich träumten und tatsächlich erst in der Bleibtreustraße wieder erwachten.

Vom Ritz blieben freilich viele Erinnerungen, aber keine Geschichte, kein Gedicht und nur ein paar oft erzählte Anekdoten, die irgendwann niemand mehr hören wollte. Ein Denkmal jedoch gibt es, das auf den ersten Blick etwas nüchtern wirkt, es bei genauer Lektüre allerdings mitnichten ist, nämlich Maras Masterarbeit, mit dem lakonischen Titel: »Das Grand-Hotel aus der Brache. Das Ritz Carlton am Potsdamer Platz als Mittler zwischen Tradition und Moderne«

Kapitel VII

Von der Bleibtreustraße aus erreicht man die ganze Welt und die ganze Welt, das sind der Savignyplatz, der Kurfürstendamm und die Kantstraße. Die Sonne dieser Welt ist die Fasanenstraße, mit dem Literaturhauscafé, in das ich nach all den Jahren bis heute verliebt bin wie ein Tourist, und überhaupt ist die Fasanenstraße für mich die schönste in ganz Berlin und viele Abende lang bin ich sie immer wieder auf- und abgeschlendert, habe von draußen in viele der faszinierenden Treppenhäuser gesehen und in manchen lauschigen Hinterhöfen das Licht aus stuckgeschmückten Wohnungen wärmer leuchten sehen als irgendwo anders. Neben dieser Sonne hat jene Welt natürlich auch ihre Monde, die da heißen Lietzenburger Straße, Mommsenstraße und weit hinten im Universum die Pestalozzistraße.

Die Wohnung, die von nun an die unsere sein sollte, lag in einem schönen alten oder aber schön wieder aufgebauten neuen Haus am unteren Ende, in etwa dort, wo die Sächsische Straße auf die Lietzenburger Straße trifft und alldort ihre Metamorphose zur Bleibtreustraße vollzieht. Aber genug der Straßen, mir schwirrt schon der Kopf (hätte Mara gesagt) und hin zu dem, was man gemeinhin so Leben nennt. Für mich war es eine eigenwillige Situation, hatte ich doch im Monat nie mehr als fünf-, sechshundert Euro zur Verfügung, was mit Miete, BVG-Ticket und dergleichen eher mäßig viel ist. Dennoch lebte ich jetzt in einem der besten Viertel der Stadt, im goldenen Westen, unsere Räume waren hell, unsere Decken hoch und das Bad neu. Wie viel Geld Mara wirklich hatte, wusste und weiß ich bis heute nicht. Das mag seltsam anmuten, aber woher genau sie das Geld nahm, war mir mitunter unklar. Wohl waren mir einige Jobs bekannt, die allerdings rasch wechselten und allein kaum erklären konnten, wie sich Mara dieses und jenes gänzlich ohne schlechtes Gewissen gönnen konnte. Tante BAföG, gewiss, doch glaube ich auch, dass ihr Vater sein schlechtes Gewissen mit Geld erleichterte, denn ich entsinne mich keines Anrufs, keines Briefs, nichts, das darauf hinwies, dass es in Maras Leben mehr als eine tote Mutter gab, die sie vermisste und die sie verdrängte.

Im Erdgeschoss unseres Hauses lag ein Blumenladen mit dem duftigen Namen »Fleurs de Paris« und Mara war nimmermüde sich darüber zu mokieren:

»Ich bitt dich, was soll der Unsinn. Blumen sind Blumen, ob in Paris, Berlin oder Backnang.«

»Ich widerspreche dir höchst ungern ...«

»Schon gelogen.«

»So oder so: ich glaube kaum, dass du in Backnang solche Blumen wie in Paris oder Berlin bekommst.«

»Glaubst du, ich nicht und wenn, dann bekommt man da wahrscheinlich sogar schönere.«

»Was zum Beispiel?«

»Äh ... Akelei!«

»Explizit in Backnang?«

»Ach was, Backnang, Backnang ... Jedenfalls ist Fleurs de Paris albern.«

»Warum denn?«

»Weil halt.«

Diesen Disput führten wir öfters, wobei allein Backnang und Akelei variabel waren.

Die Wohnung selbst hatte zwei Zimmer, Bad und Küche natürlich und viele große Fenster, vor denen ein paar Bäume standen, die das Licht dennoch nie hinderten, unser Schlafzimmer und den anderen Raum, den Mara beharrlich »Club« nannte (Wohnzimmer war ihr wahrscheinlich zu profan), aufs Herrlichste zu durchfluten. Die Küche war funktional, was ihr allerdings wenig nützte, denn wir gebrauchten sie dennoch niemals – wir hatten die schönsten Cafés und Restaurants vor der Haustür und zur Not fand sich stets irgendwo ein Fünfziger, der geopfert werden konnte, schließlich hatte ich nicht verlernt zu schnorren.

Ende November waren wir eingezogen und wenngleich ich diese Gegend seit meinen Berliner Anfängen innigst geliebt hatte und oft und öfter durch das Karee geschlendert war, es geschah mir in der ersten Zeit stets aufs Neue eine unendliche Peinlichkeit, die den Flaneur, den ich gerne vorgestellt hätte, zutiefst desavouierte: ich verlief mich andauernd, selbst wenn ich bloß ein paar Seitenstraßen nahm, nach kurzer Zeit wusste ich bereits nicht mehr, wo ich war und musste dann leider Passanten fragen, wie ich denn zurück zur Bleibtreustraße käme. Das für sich wäre peinlich genug gewesen, aber eines Tages (und der Tag war sicher nicht blau), geschah das Undenkbare: ich verlief mich gleich zweimal hintereinander. In der Früh war ich ausgegangen, um mich bei einem Museum zu bewerben, und wollte zu Fuß gehen. Am Hinweg klappte das ganz gut, als ich allerdings zurück nach Hause wollte und ungefähr wusste, dass es nicht mehr weit sein könne, verlor ich wieder einmal vollkommen die Orientierung und musste also eine dicke alte Frau fragen, die so hässlich war, dass man sie unschwer als Urcharlottenburgerin ausmachen konnte.

»Bleibtreustraße? Wo wolln se denn da hin?«

Ich sagte es ihr und sie wies mir, etwas umständlich und wild gestikulierend den Weg. Sie war kein zartes Wesen und von eher lärmender Natur. Nachmittags war es mir nach Spazierengehen zumute, da Mara jedoch nicht mitwollte, lief ich einfach drauf los und verlief mich prompt wieder. Es half nichts, ich musste einen Passanten fragen. Da war wieder so eine dicke, alte Frau, furchtbar hässlich, bestimmt auch schon immer von hier, die wusste sicher den Weg.

»Entschuldigen Sie bitte, wie komme ich denn in die Bleibtreustraße?«

»Na Sie sind mir aber 'n Vogel, wohl zu heiß jebadet worden, wa!«, plärrte sie mich an, sodass sich einige Leute bereits nach uns umsahen.

»Wie bitte was?«, fragte ich entgeistert.

»Jedächtnisschwund? Wat wolln Se denn ständig in der Bleibtreustraße?«

»Entschuldigen Sie mal, ich wohne da – was geht Sie das denn an?«

»Ach was, wohnen wolln se da und fragen mir zweimal am Tage wie man zur Bleibtreu kommt. Det nächste Mal hol ick die Bullen, vastandn?!«

Unterdessen war mir eingefallen, dass ich die alte Haubitze leider Gottes bereits gefragt hatte, wie ich zu mir nach Hause käme. Mara lachte mich selbstverständlich rechtschaffen aus, aber ich kann nicht behaupten, dass es mir insgeheim nichts ausgemacht hätte. Seitdem hatte ich ziemliche Befürchtungen der Alten irgendwann wieder über den Weg zu laufen, doch selbst ich konnte mir bestimmte Routen mit der Zeit merken und sie war inzwischen vielleicht längst tot oder wenigstens dermaßen dick, dass sie nicht mehr aus der Wohnung kam.

Kaum verwunderlich wird es scheinen, dass unser nunmehriges Zusammenleben durchaus gewisse Probleme mit sich brachte, was durch die Nichtigkeit der jeweiligen Anlässe kaum gemildert wurde. Eventuell hätte man später darüber lachen können, doch blieb uns gar nicht mehr so viel Zeit wie wir gehofft hatten (denn selbstverständlich gingen wir ursprünglich von der Ewigkeit aus, darunter machten wir es längst nicht mehr). Es waren Kleinigkeiten, die uns änderten, zum Beispiel der Umstand, dass man nun ohne Herzklopfen und voller vor dem Spiegel erkünstelter Frische ausging, den jeweils anderen zu treffen, sondern man gemeinsam vor einem Spiegel die Fassade errichtete, die man dem anderen gerne vorgemacht hätte. Schwerer allerdings wog Weltanschauliches, ebensolche Eitelkeiten, die jedoch tiefer gingen und unberechenbarer waren. Ich bin seit jeher ein leidenschaftlicher Zeitungsleser und ob Neue Züricher, Süddeutsche oder Frankfurter Allgemeine, ich las alles gleich gern und da ich nie politische Anwandlungen hatte und habe, konnte ich mich über manch verbissene Gegenwartsgeißelung ebenso erheitern wie über die bemüht witzigen Titel der Tageszeitung. Neues Deutschland, Junge Welt, Tagesspiegel, eigentlich war es der Jahrmarkt der Eitelkeiten darin, der mich anzog – worüber dieser oder jener schrieb, war mir ganz gleich. Ich fand es ebenso sinnlos sich über Fußball zu ärgern, wie sinnlos den Kapitalismus begraben zu wollen, ich glaubte weder den herbeigeschriebenen Krisen der Sprache oder generell der Gesellschaft, noch kümmerten mich die tausenderlei Befindlichkeiten, die jeder gleich zum Gesetz erheben wollte. Von mir aus kann jeder machen, was er will, Hauptsache er lässt mich damit in Ruhe, doch der tägliche Stierkampf in der aufwendig inszenierten Arena einer Zeitung erheiterte mich und ich bekenne es: wenn ich Zeitung lese, lache ich oft und das recht bitter. Dies eben brachte Mara jedes Mal zur Weißglut. Sie verstand nicht (oder wollte nicht verstehen), dass ich natürlich niemals über Hungertode in Afrika oder dergleichen Ernstes lachen würde, sondern immer und einzig und allein über die hochnäsigen Autoren, die stets alles gewusst haben und das nur zum Zwecke des eigenen Ruhms, denn wenn einer wirklich helfen will, dann geht er nicht zur Zeitung, sondern macht sich tatsächlich nützlich. Keinesfalls finde ich Ruhmsucht verwerflich, ich bin gewiss der Süchtigsten einer, aber dann soll man auch nicht so tun, als ob mans aus hehren Gründen täte. Mara jedoch glaubte mit verzweifelter Wut an das Gute, und es verleidete mir meine geliebte gehässige Morgenlektüre sehr, wenn sie bei jedem bösartigen Lacher eine Grundsatzdiskussion begann, die ich allein deshalb verlieren musste, weil es mir im Grunde egal war – ganz gleich, welches Thema.

Nach ein paar unerfreulichen Frühstücken ging ich immer öfter ins Café, was Mara wiederum ärgerte, denn sie wollte ja mit aller Liebe einen besseren Menschen aus mir machen und keinen weltfremden Kaffeehaustrottel, der ich doch nun eben war und sein wollte. Das gab neuerliche Debatten:

»Wie kannst Du sagen: so und so bin ich und so und so bin ich nicht. Kein Mensch kann sagen wie und wer er ist.«

»Doch, kann ich eigentlich schon. Ich glaube ganz gut zu wissen, wen ich vorstelle. Ich denke, das habe ich immer gewusst.«

»Ich weiß nichts über mich. Du glaubst vielleicht an die Vorstellung, die Du von Dir hast.«

So ging es weiter und das manchmal mehrmals in der Woche. Es fiel mir ziemlich auf die Nerven. Da zeigte sich, was uns im Innersten unterschied: sie wollte verstehen, ich mich unterhalten.

Einstweilen allerdings riss der Reigen schöner Erlebnisse nicht ab. Es wurde Frühling, wir gingen viel aus, haben jede Kneipe, jedes Café und jedes Restaurant am und um den Savignyplatz ausprobiert, weiteten unsere Kreise, kannten bald halb Charlottenburg wie unsere Manteltasche, wurden also heimisch. Der alte Mann, der im Schlosspark Charlottenburg stundenlang mit den Eichhörnchen sprach und die ihm aus der Hand fraßen (wir nannten ihn den Heiligen Antonius), grüßte uns inzwischen, wenn ich zu Rogacki ging bestellten die Verkäuferinnen Grüße an meine Frau (was Mara ärgerte, wenn sie es auch niemals zugab) und mehrere Buchhändler in der näheren Umgebung waren ganz verliebt in Mara und konnten sich beim besten Willen nicht erklären, was diese an einem so unernsten bayerischen Kasperl fand (ich mir übrigens auch nicht, das musste eben Liebe sein). Es war herrlich, trotz allen Missverstehens; sobald wir das Haus verließen, wurden wir neugierig auf jede Ecke dieser Stadt und die Rolle, die wir darin spielen konnten. Nur daheim waren wir ein bisschen festgelegt auf uns, draußen waren wir Hipster unter Hipstern (Mara ein wenig mehr als ich), Snobs unter Snobs, Prenzlauerberg – Heinis unter Prenzlauerberg – Heinis.

»Hauptsache, wir bleiben dabei ironisch. Stell Dir vor, eines Tages säßen wir wirklich mit einer Chiara und einem Ansgar am Humanplatz.« Mara klang ehrlich besorgt.

Unsere liebste Rolle war jedoch die des alten Rentnerehepaars – wir spielten sie ausgezeichnet und trugen manch herrlichen Schwips davon. Es war Mai geworden und unsere Kreise hatten sich längst bis Wilmersdorf ausgedehnt, denn ein ausgesprochen wundervoller Spaziergang war der von der

Bleibtreustraße zum Rüdesheimer Platz. Eine gute Stunde Laufzeit ist das, über den Kurfürstendamm, die Pariser Straße, dann über den Hohenzollerndamm, am Friedhof Wilmersdorf vorüber durch den angrenzenden Volkspark, schließlich über den Heidelberger Platz, hinein ins idyllische Rheingauviertel. Die Häuser dort sind alle nach der Jahrhundertwende im englischen Landhausstil errichtet worden und obwohl sie sich durchaus ähneln, jedes ist anders, genauer gesagt: anders schön. Der Rüdesheimer Platz selbst ist eine tiefergelegte Grünanlage mit vielen weiten Blumenrabatten und alten Bäumen und sogar einem Brunnen. Ein Ort, der zur Weltflucht einlädt, wobei es sein kann, dass der Weltflüchtige rasch von irdischen Genüssen eingeholt wird, von Lachen und einer wohltuend biederen Lebensfreude, denn im Sommer (wie auch schon im späten Frühling), lockt dort der Rheingauer Weinbrunnen. Tische und Bänke laden zum Verweilen ein, Büdchen mit Wein und Vesper bieten bürgerliche Labungen, und überhaupt kann man sichs dort wohlergehen lassen, zumindest wenn man Vergnügen an gediegenen Freuden findet. Die hatte ich seit jeher, denn nur wer den Spießer in sich genau kennt, kann ihn andernorts glücklich überwinden, und es fiel mir erstaunlicherweise relativ leicht, auch Mara für dieses hübsche Weinfest zu begeistern. Wir erfreuten uns an den angeheiterten Siebzigjährigen, lernten deutschen Wein zu schätzen, und einigermaßen verblüfft war ich, als Mara sich für unsere meist am Wochenende stattfindenden Ausflüge in unser Rentnerdasein extra ein Dirndl kaufte. Ausgerechnet Mara, die entweder wie Audrey Hepburn auf Abwegen oder Romy Schneider als indische Prinzessin verkleidet herumlief. Nun also Erni Singerl mit Option auf Hollywood. Ich ließ mich nicht lumpen und kramte meinen Janker hervor

– wir haben uns wahrscheinlich beide ein bisschen geniert, zumindest auf den Weg dorthin. Beleidigt war Mara allerdings bloß ein einziges Mal, nämlich als ihr ein besoffener Greis in den Ausschnitt sabberte und freudig ausrief: »Schöne Dame, wir kennen uns! Moselfahrt 1967. Ich bin doch der ...« – weiter kam er nicht.

Pikiert wies ihn Mara zurecht: »Erlauben Sie mal, das kann gar nicht sein – ich würde niemals an die Mosel fahren, das habe ich gar nicht nötig.«

Wahrlich, ich war ihr ganz und gar verfallen. Manchmal war das Leben tatsächlich ein Fest, ein Weinfest zwar, aber im Glück braucht man nicht wählerisch zu sein.

Das also war unser Leben, das mehr oder weniger beschaulich dahinging, mit hehren Höhen und tristen Tiefen und so vieles dazwischen, was ich niemals missen möchte. Ein Jahr ging es so und hätte von mir aus ewig währen können, allein es kommt erstens alles anders und zweitens als wie man denkt.

Kapitel VIII

So konnte es nicht weitergehen. Das Leben, ja das Leben schon – aber das mit dem Schreiben wurde mehr und mehr zur Sackgasse. Die Zeitung hatte tatsächlich die Freundlichkeit mich nach einer neuen »Kolumne« zu fragen und ich hatte, sehr zu deren Erstaunen (das hatten sie wohl nie zuvor erlebt), nicht sofort begeistert zugesagt, sondern gezögert und ausweichend geantwortet, ich würde mich die Tage melden. Denn die Wahrheit war leider, dass ich nichts geschrieben hatte seit diesem letzten Text, der gerade so noch einmal alles gerettet hatte. Nun hielt sich meine Lust in Grenzen, das alles wieder aufs Spiel zu setzen wegen ein paar Moneten, die ich ohnehin einzig mit Mara ausgeben konnte und wollte. Denn es gehört ebenso zur Wahrheit, dass ich überhaupt nicht fähig war, über etwas anderes zu schreiben als über Mara und die fand toll, was ich machte, doch nicht wie ich es machte, jedenfalls sobald es sie betraf. Das Geld allerdings lockte und eines grauen Morgens, Mara hatte irgendwo einen Termin, ging ich spazieren, in der Hoffnung irgendetwas zu erleben, was sich als überlebensfähig auf Papier erwies. Das nun also kam dabei heraus:

Glanzloser Sonntag

Ich neige zu einer sonderbaren Sonntags-Melancholie. Wenn die Geschäfte geschlossen sind, Teile der Stadt wie ausgestorben liegen, dann ist der Antrieb sich aus dem Bett zu erheben relativ gering und wenn es gar regnet und der ganze Tag grau ist, bin ich dieser leidigen Melancholie vollends ausgeliefert. Freilich kann man sich dann und wann in ein Café zwingen, aber es bleibt ein Misstrauen gegenüber solchen Sonntagen, und obwohl ich unter der Woche genauso wenig tue, fällt es an diesen zwangsgelähmten Tagen besonders unangenehm auf.

Und dennoch ging ich aus, mein Glück zu suchen (nicht geschwind zu Pferde, wohl aber mit der U-Bahn Richtung Alex und von dort in die Welt oder eben Mitte zu). Nun kann ich nicht behaupten, dass das Erlebnis in der U-Bahn meinen Tag gerettet hat, denn es war durchaus nicht rein unterhaltlicher Natur, wohl aber hat es den restlichen Tag mit allerhand Gedanken gefüllt und dadurch war ich immerhin abgelenkt, der vollendete Weltschmerz vorerst gestundet.

Bevor ich zu meinem eigentlichen Bericht komme, gestatten Sie mir eine kleine Anmerkung. Nichts Weltbewegendes, allein ein Eindruck, der nicht gerade dazu angetan ist, ein Hiersein zu erleichtern (von Existenz wollen wir einstweilen gar nicht sprechen): Es scheint momentan eine arge Gereiztheit überall zu herrschen, und nicht einzig die Obdachlosen und Irren tragen die Verheerungen dieses gespannten Zustandes offen auf der Straße herum. Selbst aus einem unscheinbaren Mütterchen platzt es plötzlich an der Kasse hervor, grundlos, unmotiviert, als würde sie andernfalls an ihrer Wut ersticken. Ein Aktenkofferträger schnauzt eine Nickelbrillenstudentin im Bus derb an, weil diese einen Hustenanfall bekommen hat – ich weiß nicht, woran es liegt, aber es ist derzeit eine Stimmung in Berlin, die alle Augenblicke zu kippen droht. Vor allem deshalb wusste ich das nachfolgende Erlebnis so schwer einzuordnen, obwohl Gereiztheit allenfalls nebensächlich auszumachen war und nur vor dem Hintergrund eines ganz anderen Hexenkessels.

Eben der war in diesem Falle ein U-Bahnwagon, nachmittags um Vier, an einem trüben Sonntag, in trüber Zeit. Mir gegenüber saß eine auffallend hübsche Frau, von der eine meiner Freundinnen bestimmt gesagt hätte, sie entspräche meinem Typ (wobei ich zu bezweifeln wage, dass es den so exakt gibt – naja). Wir fuhren bereits eine kleine Weile, da stieg ein halb glatzköpfiger Mann zu. Unfreundliches Gesicht, ansonsten optisch der geborene Langweiler. Geschmacklose Jeans, Karo-

hemd und als Krönung eine Männerhandtasche. Bereits im Einsteigen musterte er die Frau mir gegenüber, schlich langsam an ihr vorbei, wie ein geriatrischer Tiger auf der Jagd, lief bis zum anderen Ende des Wagons, kam jedoch zurück und setzte sich hastig neben die schöne Frau. Sie, ganz Profi, hatte ihn die ganze Zeit über ignoriert und tat es noch, da er mit der nächsten Phase begann, nämlich sie dämlich anzuglotzen. Sie ignorierte ihn weiterhin, doch wirkte es bereits angestrengter. Er wollte dies durchaus nicht bemerken und hob tatsächlich an zu sprechen: »Ich habe mich extra neben Sie gesetzt. Warum ignorieren Sie mich?!«

Ich war erstaunt. Zum einen natürlich ob der Ungeheuerlichkeit des Mannes, zum anderen der Frau wegen, die ihn bis zur nächsten Station immer weiter eiskalt ignorierte, mit keinem Blick bedachte und ihn durch keinerlei Gesten vernichtete. Dann stieg sie aus. Der Mann fiel in sich zusammen, nicht aus Trauer, eher, als wäre er ganz einfach beleidigt.

Mir kam das alles zuerst ganz unerhört vor, fast wurde ich ärgerlich deswegen. Inzwischen allerdings sehe ich weiter und meine darin eine große Tragik zu erkennen: der Herr ohne Geschmack und Benimm schien nicht ein geborener Unsympath zu sein, das Ganze war eher unbeholfen und machte den Eindruck, als hätte er in diesem Moment einmal in seinem tristen Leben, ein einziges Mal etwas gewagt. Er wollte über sich hinauswachsen und hatte dieser Frau gegenüber eventuell sogar die ehrlichsten Absichten (und seien die bloß ein Reihenhaus und zwei biedere Kinder), nur rächte sich, dass ihm etwas Entscheidendes fehlte: Anstand, Manieren oder auch bloß ein Quäntchen Charme. Selbst wenn er sich zu nichts mehr als einem kleinen Lächeln aufgerafft hätte, wer weiß, es könnte das schönste Märchen geschehen sein und alle wären glücklich und zufrieden geworden. So aber stapfte ein jeder wieder allein durch diesen grauen Tag, und wer da etwa geträumt hatte, fand sich zurück in dieser eigenartigen, kühlen Berlinwirklichkeit.

»Junger Mann, Ihnen kommt die Leichtigkeit abhanden. Das ist ja nicht unbedingt schlecht, aber so nichts fürs Blatt. Das letzte Mal war schon fast zu melancholisch. Machen se doch ma Urlaub, da passiert doch immer was Lustiges.«

Ich erinnerte mich an den letzten Urlaub mit Mara und wie sie abfuhr und wie vernichtet ich darob war und musste unweigerlich, aber gequält auflachen.

Der Zeitungsfritze interpretierte es prompt falsch. »Sehn Se, also nix für ungut und wenn se was haben, kommn Se ruhig vorbei.«

Ich kam aber nicht und begrub meine schriftstellerischen Träume endgültig, kein Papier wollte ich mehr anrühren, keinen Stift, denn so gings nicht weiter und es musste ja nicht weitergehen, man muss sich damit abfinden, dass man leider nicht die Bachmann ist und nicht einmal der falsche Walser, so schmerzlich das sein mag.

Tage später. Es klingelte gegen Mittag und ich, der durch Erkenntnis lethargisch gewordene Nichtsteller, schleppte mich aufgeschreckt zur Tür, da Mara seit geraumer Zeit im Bad verschwunden war. Als ich öffnete, standen vor mir eineinhalb Personen: Eine nicht wirklich alte, nicht wirklich junge Frau, die entfernt Ähnlichkeit hatte mit jemandem, den ich kannte (aber mit wem?), die etwas mopsig war und entweder sehr angespannt oder sehr genervt schien, ihr nicht gerade einladender Gesichtsausdruck ließ keine exakte Definition zu. An der Hand hielt sie ein kleines Mädchen, vielleicht drei oder vier Jahre alt, und auch sie erinnerte mich an jemanden. Das Mädchen sah ein wenig aus wie Romy Schneider, aber halt, Mara sieht doch ein bisschen aus wie Romy Schneider. Ist denn die Welt voller Romys und was wollten sie nur alle von mir?

»Entschuldige«, sagte der missvergnügte Pummel, man war also bereits beim Du (ich gestehe: ich bin ein Spießer), »Entschuldige«, wiederholte sie und der Spießer in mir kam endgültig in Fahrt, denn insgeheim dachte ich: Entschuldige haben wir doppelt, das müssen wir leider abziehen und dann setzte sie ein drittes Mal an. »Entschuldige.« Und da wurde ich leicht nervös, man könnte sagen, eine Hans Rosenthal'sche Ungeduld befiel mich.

»Bin ich hier richtig? Ich suche Mara ...«

Na bravo! Jetzt wusste ich mehr. Was sollte ich sagen: ich suche sie ebenfalls, seitdem ich sie kenne, suche ich sie ununterbrochen oder eher: es tut mir herzlich leid, aber Mara ist vor über einer Stunde mit unserem Bad durchgebrannt oder lieber profaner, allerdings zielgerichteter: Warum? Die Frau vor der Tür ersparte mir dergleichen, denn sie sprach weiter:

»Ich bin Luisa, Mara ist meine Schwester.«

In diesem Moment hätte ich eines Schnapses bedurft. Plötzlich hatte Mara eine Schwester, ausgerechnet Mara, die bisher nicht einmal eine Vergangenheit hatte, zumindest fast, die andauernd forciert die Zukunft erstrebte und sich beständig loszulösen trachtete von allem, was sie nicht erwählt hatte für ihr Leben, das ihr vielmehr, wie sie sagte, auferlegt worden war, ohne dass sie mir offenbart hätte, wer ihr dergleichen auferlegte. Nun also eine auferlegte Schwester – das verhieß nichts Gutes.

Im Hintergrund hörte man die Badtüre und Maras fröhlichen Ausruf »War das die Post?«

»Nein, nicht direkt.«

Da stand sie vor uns. Luisas Gesicht wurde weich und weinerlich, Mara sah irritiert drein und ich bemerkte erstmals Ahnungen von Falten in ihrem sonst so jugendlichen Gesicht.

»Hat er dich verlassen?«

Maras Frage kam kalt und Luisa entkamen ein paar sachliche Tränen. »Er ist einfach fortgegangen.«

»Wohin?«

»Nach Odessa, hat er geschrieben.«

»Nach Odessa? Wie kommt er denn darauf?«

»Ach, das fragt man sich oft.«

»Und jetzt? Du wirst ihm doch nicht ...«

»Natürlich fahr ich hin.«

»Und Emma?«

»Die wollte dich eh mal wieder besuchen.«

»Das ist ja zu nett. Unverhofft kommt oft, was.«

»Bitte. Bitte!« Luisa wurde immer leiser, dann flüsterte sie nur mehr: »Mein Zug geht in einer Stunde.«

»Das ist ja wieder typisch«, zischte Mara, aber es klang nicht ehrlich verärgert. »Komm rein, Emma, und machs dir bequem. Hast du was gegessen?«

Das Kind, ein wirkliches Musterbild an Disziplin, schwieg, sah stoisch geradeaus und ging ruhig, eigenwillig würdevoll in unsere Wohnung, ohne sich von seiner Mutter verabschiedet zu haben.

»Wie lange denkst du?«

»Drei Tage, maximal vier.«

»Du weißt, dass er es nicht wert ist.«

»Emma ist es wert.«

»Du machst es dir leicht.«

»Lass uns nicht streiten. Danke. Danke.«

Luisa nahm ihre Reisetasche, die hinter ihr versteckt lag und verschwand sogleich im Treppenhaus. Mara tat einen schweren Seufzer, dann sah sie mich an, lächelte matt und sagte in einem Ton, der traurig und belustigt zugleich klang: »Frage nicht ...«

Ich brauchte nicht zu fragen. Am Abend, als Emma endlich eingeschlafen war, erzählte mir Mara von sich aus alles (jedenfalls einen ganzen Teil des Mysteriums, der ihr bisheriges Leben für mich war). Ich werde nicht alles preisgeben, was sie mir erzählte, kann es nicht, nur so viel dazu: Luisa ist fünf Jahre älter als Mara und als deren Mutter starb, verließ kurz darauf auch Luisa Mara und deren Vater, der inzwischen vollkommen der Agonie verfallen war. Jahrelang hörte man nichts mehr von ihr, der Vater hatte derweil wieder geheiratet und dieser Umstand machte Mara den Abschied von zuhause unendlich leichter, denn natürlich hasste sie ihre Stiefmutter abgrundtief (das muss wohl so sein) und ihr Vater war dadurch noch fremder geworden. Immerhin, er unterstützte sie ein wenig und Mara fand ein neues, anderes Leben in Berlin (sie sagte nicht besseres). Eines Tages stand plötzlich Luisa vor ihrer Tür, mit einem Kind, mit Emma. Luisa weinte und erzählte ihr: sie war damals nach Köln geflüchtet, hatte dort geheiratet, einen Möchtegernkünstler, der quasi geboren war, um zu scheitern – das war ihr bewusst und das eben liebte sie an ihm. Sie bekamen ein Kind und je glücklicher Luisa wurde, obwohl das Geld niemals langte und sie jeden Job annahm, um die Situation zu bessern, desto unglücklicher wurde ihr Mann. Er warf ihr vor, durch sie und das Kind könne er nicht arbeiten und er wisse gar nicht, was seine Bestimmung überhaupt sei. Kurz und gut: er verschwand bei Nacht und Nebel und anstatt dass Luisa froh gewesen wäre, diesen Nichtskönner endlich los zu sein, weinte sie ihm in tausend SMS hinterher. Er war von jetzt auf gleich wieder ganz verliebt in sie, lockte und gurrte von fern, versprach ihr wahrscheinlich das Blaue vom Himmel und daraufhin sah sie sich veranlasst, ihm hinterher zu reisen und das Kind einstweilen irgendwo zu parken. Die Stiefmutter hatte sie nicht einmal ins Haus gelassen und ihr bloß Maras Adresse gegeben. Nach zwei Tagen der vollkommenen Überforderung Maras mit Emma, die damals gerade erst zwei Jahre alt war, stand Luisa abermals vor ihrer Tür, vollkommen glücklich und (Mara befürchtete das jedenfalls) im doppelten Sinne berauscht. Der Typ hatte nicht einmal den Mut, mit heraufzukommen, hatte im Taxi gewartet und nach einer Viertelstunde waren Luisa und Emma verschwunden, Mara hatte seitdem nichts mehr von ihrer Schwester gehört und war sich auch gar nicht sicher, ob sie überhaupt viel mehr von ihr erfahren wollte. Bloß das Kind hatte sie gedauert, das jetzt in unserem Bett schlief und von dem wir beide nicht recht wussten, was wir mit ihr machen sollten.

Ausflüge, denn noch ein Glück war, dass Emma ein ganz umgängliches, bezauberndes, ja liebenswertes kleines Mädchen war und dazu derart unkompliziert, dass es uns am Ende darauf hinwies, dass wir uns zu viele Sorgen machten. Dabei war sie allerdings keineswegs altklug, sondern für ihr Alter eben ausgesprochen schlau und aufgeweckt. Sonst gibt es nicht viel von ihr zu erzählen, denn wenn mich Kinder auch für ein paar Tage sehr freuen, im Grunde sind eine Diskussion über den Expressionismus oder ähnlich existenzielle Dinge mit ihnen eher unmöglich. Mir persönlich sind eben die kindischen Dreißigjährigen lieber.

Unvergesslich bleibt mir der Ausflug am letzten Tag von Emmas Aufenthalt – Luisa hatte sich am Abend zuvor angekündigt, sie habe ihn gefunden und sie kämen in zwei Tagen zurück. Mara wollte zum Abschluss etwas Besonderes machen, nicht bloß Volkspark Friedrichshain und Mauerpark Flohmarkt wie zuvor. Also unternahmen wir etwas, das wir seit Monaten nicht mehr gemacht hatten: einen Architekturausflug. In der Zeit unseres Zusammenkommens hatten wir solche Unternehmungen geliebt, meist haben wir vorab extrem hässliche Siedlungen oder explizite Bausünden ergoogelt und hatten sie alsdann mit wohligem Geschmacksschauer und bestens belustigt erwandert. Das Märkische Viertel beispielsweise (das dann vergleichsweise harmlos war) oder ein Best Off aus Marzahn, Prenzlauer Berg wo er gänzlich traurig wird und Vorstadtsiedlungen, die in ihrer Tristesse jeder Beschreibung spotteten. Diesmal war es anderes, denn mit Emma musste man natürlich etwas Schönes machen und so führte Mara an einen verzauberten Ort, der für die meisten vielleicht ganz normal schien, uns jedoch wie ein Märchen: Onkel Toms Hütte. Mit der U 3 ging es hinaus nach Zehlendorf, bereits der U-Bahnhof hatte antiquierten Charme und je weiter hinein wir in die Siedlung kamen, desto begeisterter waren wir: lauter niedliche kleine Reihenhäuser, schlicht und sehr geschmackvoll, dazwischen unendlich viele Kiefern, ein kleiner Friseurladen, dann sogar größere Mietshäuser mit bunter, allerdings unaufdringlicher Farbgebung. Das Ganze wurde zwischen 1926 und 1931 gebaut und, das nun das Besonderste unter allem Besonderen, vornehmlich von Bruno Taut. Wir liefen durch luftige, kieferngesäumte Straßen und wie wir uns so eines der kleinen Häuschen näher betrachteten, sagte Mara zu mir: »Hier würde ich gerne wohnen. Mit dir und vielleicht einem Kind, und wir müssten sehr glücklich sein.«

In dem Augenblick verstand ich endlich, was das meinte:

Ich schnitt es gern in alle Rinden ein
Ich grüb' es gern in jeden Kieselstein,
Ich möcht' es sä'n auf jedes frische Beet
mit Kressensamen, der es schnell verrät

An die Siedlung schloss sich der Grunewald an und es folgten ein paar Stunden unendlich froher, unbeschwerter, gestundeter Zeit, in der es immerzu in mir nachklang: »Hier würde ich gerne wohnen. Mit dir und vielleicht einem Kind, und wir müssten sehr glücklich sein.« Ich sollte die kommenden Tage oft daran denken, aber war da schon alles anders. Die paar Tage mit Emma waren freilich ein bloßes Intermezzo, ein in sich gekehrtes Idyll – bessere sollten nicht wieder kommen.

Kapitel IX

Wie die anderen Morgen zuvor, hatte ich anscheinend verschlafen, denn Mara war bereits aufgestanden und vor meinem Bett stand Emma, die mich weckte.

»Machst du mir Frühstück?«

»Ja, gleich«, sagte ich einigermaßen unausgeruht, »kann Mara das nicht machen?«

»Die ist nicht da.«

»Wie; die ist nicht da?«

»Die ist vorhin weg. Sie hat gesagt, ich soll weiterschlafen, aber ich kann nicht.«

»Komisch ...«

»Machst du mir jetzt Frühstück?«

»Ja, natürlich. Und sonst hat sie wirklich nichts gesagt?«

»Nö. Ist das schlimm?«

»Nein, ich glaube nicht. Ich hoffe ...«

In der Küche lag kein Zettel, im sogenannten »Club« lag keiner, selbst im Bad schaute ich nach (das war schließlich Maras Lieblingsraum), doch auch dort konnte ich keinen finden. Vorerst versuchte ich mich zu beruhigen: vielleicht war sie bloß Semmeln holen gegangen. Wenn sie zum Brotgarten ginge, dann würde das wohl etwas dauern, eventuell bekam sie unterdessen Lust auf Marillenmarmelade, dann musste sie zusätzlich in ein anderes Geschäft und so weiter ...

Erst einmal Emma versorgen. Ich sollte ihr beim Umziehen helfen (hilf Himmel!), und dass die Ärmste davon keine blauen Flecken bekommen hat, ist einzig Emmas Geschicklichkeit zu danken (warum lässt man Kinder nicht selbst tun, was sie längst selbst können). Dann Frühstück – ich wäre mit ihr ja ins Café gegangen, aber wir erwarteten ja alle Augenblicke Luisa (mit oder ohne Anhang) und falls Mara zurückkäme (was ich dringlich erhoffte), wäre es sicher besser, daheim den perfekten Hausmann zu mimen. Immerhin war die zweite Garnitur Toast kaum verbrannt und mit etwas Cole Porter im Hintergrund schmeckte das Ganze halbwegs ritzähnlich (ein Selbstbetrug, aber einem Kind kann mans ja vormachen). Dann endlich die erlösende Klingel – ich hoffte sehr, Mara hätte ihren Schlüssel vergessen, es war jedoch natürlich Luisa, die es wieder eilig hatte und tat, als wüsste sie Bescheid: »Ich habe vorhin mit Mara telefoniert, sie hat mir schon gesagt, dass sie dringend in die Uni muss, aber das macht gar nichts – das ist vielleicht sogar besser«. Eine rasche Umarmung von Emma, noch ein Küsschen links, ein Küsschen rechts von Luisa und fort waren sie.

Ich war erleichtert, weniger weil Emma weg war, sondern viel mehr, weil Luisa, ohne es zu ahnen, meine Befürchtungen zerstreut hatte: Mara war sicherlich der abermaligen Begegnung mit ihrer Schwester ausgewichen, die sie bereits beim ersten Mal stark mitgenommen hatte. Sie hätte allerdings ruhig etwas sagen können, derart verständnislos war ich nun auch wieder nicht. Wohl wissend damit überhaupt nichts erreichen zu können, schrieb ich ihr nicht, rief ich sie genauso wenig an, sondern ging spazieren und ließ sie vorerst in Ruhe, das brauchte sie dann und wann, gerade nach diesen nicht unschönen, doch intensiven Tagen.

Beim Spaziergang trieb es mich ziellos hin und her, ein bisschen merkwürdig fand ich die Angelegenheit nach wie vor, es war sowieso ein trüber Tag und ich hatte eigentlich nicht die geringste Lust auf einen Spaziergang. Ich bog in die Uhlandstraße ein, es zog mich zum Kurfürstendamm, zur Maison de France, mal sehen, was dort im Kino lief, dann vielleicht ein Absacker in der Brasserie, bis ich heimkäme müsste Mara wieder da sein und einen klaren Kopf bekommen haben. Das Kinoglück war mir immerhin hold, denn im Cinema lief »Marie Antoinette« von Sofia Coppola, ein Film, der zwar fast zwölf Jahre alt war, den ich bisher aber nie gesehen hatte, obwohl »Lost in Translation« einer meiner Lieblingsfilme war.

Anfangs fühlte ich mich recht selig: viele schöne Kulissen (ich bitt, Versailles, was will man mehr), viele Feste, viel Musik – alles war dazu angetan, mich zu zerstreuen, denn eine gewisse Beunruhigung blieb, irgendetwas stimmte nicht, allen Erklärungsmöglichkeiten zum Trotz. Der Film plätscherte ein wenig dahin, es wurde ausführlich geklärt, wer wen nicht grüßt und wer mit wem nicht schläft und wer es doch tut, dann ein bisschen Rückzug ins Petit Trianon, Ahnungen von Revolution, Abschied von Versailles und ein Ende ohne wirkliches Ende – mehr war es nicht und dennoch berührte mich der Film, gerade an diesem Nachmittag, sonderbar, es war ja kaum möglich Parallelen zu ziehen und trotzdem war es mir, als hätte ich einen Film über Mara gesehen, ohne dass daraus Schlüsse zu ziehen wären. Es war ein vages Gefühl, dass der Film etwas berührte, was auch Mara betraf und von dem ich mir (einstweilen oder niemals, wer konnte das wissen) keine Vorstellung machen konnte. Zu Beginn eine solch lebensfrohe junge Frau und dann dieser Schatten, der sich nach und nach auf sie legte und sie zwar nicht eigentlich zu verdüstern vermochte, aber scheu machte.

Ein paar gute, ruhige Jahre (und auch wir hatten die, wenngleich es nicht gerade Jahre waren), dann eine plötzliche Veränderung, etwas das von außen kam und alles verändert zurückließ. Später, bereits in der Brasserie nebenan, musste ich an zwei sich ergänzende Szenen denken, die mir eigentümlich nachhingen: ziemlich am Anfang, als sie neu in Versailles ist, besucht Marie Antoinette die Oper und applaudiert, wie sie es immer getan hatte. Der Hof reagiert zunächst reserviert und applaudiert dann doch – eher der jungen, begeisterten Königin als den Musikern. Zum Ende hin applaudiert sie wieder, niemand jedoch stimmt mehr mit ein, nichts als kühles Schweigen. Sie ist unterdessen erwachsen geworden und das meint wohl, sie hat resigniert.

Hatte ich Mara zu wenig applaudiert, war sie unzufrieden mit dem Leben, das wir führten, musste auch sie immer an den Satz denken, der ihr gestern so leicht von den Lippen gegangen war: »Hier würde ich gerne wohnen. Mit dir und vielleicht einem Kind, und wir müssten sehr glücklich sein«, der ebenso meinen konnte: so wie jetzt kann es kaum weitergehen oder die Zeit verrinnt und wir betäuben uns, weil wir wissen, dass es übel ausgeht. Nein, das war dumme Schwarzseherei, ein giftiges Gemisch aus Unsicherheit und Einsamkeit, die zwar erst ein paar Stunden währte und mir dennoch niemals bekam (auch das unterschied Mara und mich. Ein kleines Detail, freilich, doch gab es, wie sich dann und wann zeigte, deren einige). Die Brasserie vermochte mich allerdings ein wenig zu beruhigen, sie war mir stets ein lieber Ort und sie ist es geblieben, so wenig sonst geblieben ist von damals.

Ich durfte bloß nicht fortwährend an den Film denken, nicht beständig an diese letzte Opernszene und überhaupt nicht an die Arie, die das Ganze untermalt und die dazu prädestiniert war, mich vollends in eine leise, herbe Verzweiflung zu treiben: Rameaus »Tristes Apprêts, Pâles Flambeaux« aus Castor und Pollux. Wer diese Arie nie gehört hat, hat keinen Begriff davon, wie edel Trauer sein kann, wie gefasst und gleichzeitig abgrundtief. Eine Arie, die etwas von einem Rezitativ hat, ein Lamento, bei dem die Musik aus den Worten erwächst und die Instrumente klingen wie durch einen kostbaren Schleier. Warum musste ich immer in solche Filme geraten, ausgerechnet an solchen Tagen, warum musste immer alles so kompliziert sein und wenn es nicht kompliziert sein sollte (was ich einstweilen hoffte), warum musste dann immer alles in der Schwebe bleiben, warum konnte es für mich kein geerdetes Glück geben?

Alles war ein Glanz, der wie von Ferne leuchtete, trotz Weinfest am Rüdesheimer Platz, trotz Traumwohnung, trotz unserer unleugbar großen Liebe. Sollte sie am Ende zu groß sein? Gab es das überhaupt: zu große Liebe? Ich konnte mich mit dem Gedanken nie anfreunden, denn wenn man sich liebt, dann liebt man sich – das Komplizierte ist stets die feindliche Umwelt – oder das feindliche Leben. Ach was, ich war ja schon halb betrunken, dabei hatte ich erst ein Glas Wein, aber ein Picboul ist eben kein Silvaner und Verstimmung ist längst noch keine Krise. Ich sollte heimgehen, vielleicht wartete Mara dort längst, vielleicht gäbe es eine schöne, große Szene mit innigem Liebesduett zum Schluss und der ganze Rameau und die ganze künstliche Filmwelt wären vergessen. Ich bestellte einen abschließenden Pernod, um all das Bittere dieses Tages hinunterzuspülen, hätte mich daraufhin fast übergeben (es war mein erster Pernod und man sollte sich Getränke eben nicht des Symbolischen wegen bestellen, das ist eine alberne Schriftstellermarotte, siehe: Gin) und musste daraufhin gleich wieder lachen über meine schreckliche Dummheit, meinen übertriebenen Weltschmerz, der in jenem dilettantischen Pernod – Würgen gipfelte. Wenn ich das erst Mara erzählte, auch sie würde lachen und wenn am

Ende des Tages ein Lachen steht, dann war es dennoch kein verlorener (um Gottes Willen, das klingt unangenehm nach dem ekelhaften kleinen Prinzen, aber Wein, Pernod und kleine Leiden ergeben mitunter solche Sentenzen, man möge mir verzeihen).

Auf der Straße ging ein überraschend kalter Wind, es war inzwischen dunkel geworden (es mochte neunzehn, vielleicht zwanzig Uhr sein) und daher beeilte ich mich doppelt nach Hause in die Bleibtreustraße zu kommen und es erfüllte mich mit neuerwachter Freude, die Bleibtreustraße »Zuhause« nennen zu dürfen und ich freute mich auf Mara, die ich zu vermissen begann und von der ich inzwischen mit Sicherheit annahm, dass sie dort auf mich warten würde. Allein, sie tat es nicht. Die Wohnung lag nach wie vor dunkel, das sah ich bereits von unten.

Sowie ich in den Flur trat, klingelte das Telefon.

Es war Mara (sie hatte nach wie vor die übernatürliche Gabe, sich allzeit dann zu melden, wenn man gerade an sie dachte – andererseits dachte ich ja den ganzen heutigen Tag an nichts anderes).

»Wo bist Du?«

»Verzeih, ich musste einmal fort.«

»Und warum?«

»Das sagt sich nicht so leicht.«

Schweigen. Maras Atem ging unruhig, ich hörte es: sie war kurz davor in Tränen auszubrechen.

Ich startete einen behutsamen Versuch: »Es war dir alles zu viel in den letzten Tagen, oder?«

Der Damm war gebrochen, jetzt schluchzte sie mehr, als dass sie sprach: »Ja, auch ...«

»Ich verstehe nicht recht: auch?«

»Es hat auch mit uns zu tun.«

Danach wieder dieses unheimliche Schweigen. Mir wurden die Knie weich, die Befürchtungen waren also wahr, man konnte nicht alles ihrer Schwester zur Last legen.

»Sag: war ich irgendwie unachtsam, egoistisch, habe ich mich einmal dumm verhalten – ist es wegen des Zeitungslesens? Sitze ich zu viel im Café?«

»Nein, nichts von dem.«

»Höre ich dir nicht gut genug zu?«

»Das alles nicht. Es ist etwas viel Eigenartigeres und es klingt wahrscheinlich furchtbar blöd ...«

»Sag es doch, ich werde es bestimmt verstehen.«

»Das eben ist das Problem.«

»Was?«

Ich verstand es doch nicht. Ich hatte gar nichts gesagt und das sei das Problem.

»Du verstehst immer alles. Du bist immerzu aufmerksam und siehst mich, seit wir uns kennen, mit unverändert verliebten Augen an.«

Jetzt war es an mir zu schweigen.

»Deine ganze übergroße Verliebtheit ...«

»Liebe. Es ist Liebe.«

»Ja eben: es ist Liebe. Riesige, wahrscheinlich unerfüllbare Liebe.«

»Gestern noch hast du gesagt: ...«

»Ich weiß, was ich gesagt habe, deswegen wurde es mir ja zu viel, das ist der Grund: ich liebe dich auch so, so sehr – aber wo soll das hinführen? Wenn wir scheitern, dann würden wirs beide nicht überleben.«

»Wer denkt ans Scheitern?«

»Ich. Unaufhörlich. Seit Jahren denke ich an kaum etwas anderes als ans Scheitern, das sich vor mir auftut wie ein Abgrund und das gleichsam hinter mir steht, um mich hinunterzuwerfen.«

Wieder wussten wir beide nichts zu sagen. Quälende, stille Sekunden.

»Am Anfang war ich sicher: das mit uns wird gut werden, da war es wie ein Spiel, mit so viel Leichtigkeit und einer Art Fahrtenwind, der uns mitriss. Irgendwann, dachte ich, wird sich eine herrliche Normalität einstellen, werden wir glücklich und zufrieden sein. Doch diese Liebe wird größer und größer und gestern ist es aus mir herausgeplatzt, ohne dass ich es zuvor gedacht hätte, dass ich wollte, wir würden dort wohnen und das mit den Kindern ...«

»Was bringen solcherlei Gedanken? Du liebst mich und ich lieb dich, was bitte braucht man mehr?«

»Eben, du verstehst es nicht, kannst es gar nicht verstehen. Du bist viel zu gut, einfach gut, ohne dass du etwas erwarten würdest. Wenn ich fort bin, dann suchst du mich, wenn wir in der Bleibtreustraße leben, dann bist du glücklich und wenn wir im letzten Haus im Wedding wohnten, dann wärst du ebenso glücklich, solange ich nur da bin. Und versteh mich nicht falsch: ich will da sein. Ich weiß bloß nicht, ob ich das kann.«

»Man kann sich doch lieben und frei sein, viel freier vielleicht als allein.«

»Aber ich weiß gar nicht – ein ganzes Leben, das ist so viel und dennoch so furchtbar kurz.«

»Brauchst du Zeit?«

»Siehst du! Du verstehst mich, ohne mich zu verstehen. Das ist zu viel. Du gibst zu viel.«

»Du gibst nicht weniger, aber soll ich dir sagen, was das Problem ist: Du hast Angst. Ich weiß nur nicht wovor.«

»Erklärungen gibt es, aber du hast mir versprochen, niemals zu fragen. Es gibt Dinge, über die kann man nicht sprechen, einzig dann sind sie nicht geschehen.«

Das wagte ich zu bezweifeln, denn was auch war, es hatte tiefe Spuren hinterlassen, ich sagte jedoch nichts.

»Ich bin bald zurück, versprochen.«

Kurz glaubte ich, sie legte jetzt auf, dann sagte sie mit einer merkwürdigen Stimme, die plötzlich ganz nüchtern klang, ja kalt: »Du hast recht: ich habe Angst.«

»Die haben wir alle. Was auch geschieht: ich wart auf dich.«

Daraufhin weinte sie wieder heftiger, ehe sie auflegte.

Ich ging wie betäubt ins nach wie vor dunkle Wohnzimmer, ließ mich auf das Sofa fallen und verstand nichts, rein gar nichts. Etwas war vergangene Nacht in Mara vorgegangen, das sie in solch totalen inneren Aufruhr versetzte – war das eine Phase, hatte ich gewisse Anzeichen übersehen? Freilich, manchmal war sie anstrengend, eigenwillig und seit jeher von der ungeheuren Angst verfolgt, sich auf irgendeine Weise festzulegen oder festgelegt zu werden (was ich nie recht begriffen hatte) – aber ich hatte niemals den Eindruck, sie mit meiner Liebe einzuengen. Waren das Dinge, die ich nicht verstand oder nicht verstehen konnte, war ich zu uneinfühlsam oder hatte sie Dinge erlebt, von denen ich mir keine Vorstellung machen konnte. Sie würde es mir nie sagen, das war gewiss, und ein bisschen verletzte es mich, dass sie eher ging als sich mir wirklich anzuvertrauen. Allerdings sprach sie auch davon, wie sehr sie mich liebte und das glaubte ich tatsächlich und natürlich würde ich auf sie warten, obgleich die Angst sie zu verlieren plötzlicher und bitterer kam, als ich es in schwachen Augenblicken zuvor befürchtet hatte.

Schwer fand ich Schlaf und in meine Träume mischten sich Maras Sätze mit den Tränen Marie Antoinettes, meine hilflose Angst mit der endgültigeren Trauer von Rameaus: »Tristes Apprêts, Pâles Flambeaux«, in dem leise »Speak low« Nachklang, das wir viel zu lange schon nicht mehr gehört hatten.

Kapitel X

Am dritten Tage war sie zurück und nein, es war keine Auferstehung, vielmehr ein Ausweichen, beiderseits. Immerhin, sie hatte eine große Erkenntnis mit nach Hause gebracht: sie war eine Schriftstellerin – das klang ganz, als hätte sie es selbst bisher nicht gewusst. Woher allerdings diese große Gewissheit auf einmal kam, frage man besser nicht, es ist mir schleierhaft und ich weiß generell überhaupt nichts über jene drei Tage und wusste inzwischen nicht einmal mehr, was ich dazu fühlen und denken sollte. Fragen erübrigte sich, gegen Mara nahm sich die Sphinx vergleichsweise geschwätzig aus.

Sie war einfach wieder dagewesen, packte gerade im Schlafzimmer ihren Koffer aus, als ich vom Zeitungskiosk zurückkam. Eigentlich musste ich gleich weiter, ich hatte nämlich einen neuen Job, der natürlich ebenso nervtötend wie all die anderen war, doch ein wenig besser bezahlt (und jedes »wenig« war mehr als das Wenige, das ich zuvor hatte – es musste etwas geschehen, das konnte ja nicht ein Leben lang so weiter gehen, jedoch etwas anderes als auf ein Wunder zu hoffen fiel mir einstweilen selten ein, denn richtige Arbeit war selbstredend keine Option). In Eile wollte ich mich also nur schnell zuhause frisch machen und fand, zu meiner größten Überraschung, Mara ebenda. Wie aber darf man sich das große Wiedersehen mit all den noch größeren Fragen im Hintergrund vorstellen? Sagen wir so: stürmisch und eher schweigend. Diese Aktion kostete mich mehrere Hemdknöpfe und den neuen Job, der mich nicht annähernd so zu fesseln vermochte, wie Mara es tat und was waren diese geringen Verluste gegen das, was ich wiedergewonnen hatte!

Die ersten Irritationen kamen am folgenden Tag.

»Wir sollten vielleicht aus dem Club ein wirkliches Arbeitszimmer machen, was meinst du?«

»Und was sollen wir da arbeiten? Staubsaugerfilter falten?«

»Man merkt, dass du aus einer anderen Zeit bist«, das klang bisher halbwegs gutgelaunt, »nein, schreiben natürlich!«

»Deine Sachen für die Uni? Das machst du doch sonst in der Bibliothek.«

»Das meine ich auch nicht. Ich dachte eher ans richtige, ans literarische Schreiben.«

»Ach du, das ist ja wirklich nett, aber ich geh lieber ins Café – außerdem schreibe ich gar nicht mehr wirklich.«

»Ich dachte dabei eher an mein Schreiben.«

»Dein Schreiben?«

»Wenn du gestattest ...«

»Natürlich, ich hatte nur keine Ahnung, dass du ...«

»Ich ja auch nicht. Das kam so über mich. Ab einem bestimmten Augenblick wusste ich einfach: ich muss schreiben, ich habe wirklich etwas zu sagen und wer weiß, all die Gedanken, die ich habe, ... das kann vielleicht wirklich etwas werden.«

»Warum nicht. Was hast du also vor?«

»Wie vor?«

»Was genau willst du denn schreiben: Essays, Erzählungen, gleich einen großen Roman?«

»Ach, wer denkt denn in solch kleinlichen Kategorien?«

Ich dachte in diesen kleinlichen Kategorien, hütete mich jedoch, ihr das auf die Nase zu binden. Ich gedachte der paar kleinen Texte, die sie zu der Zeit geschrieben hatte, als wir uns kennenlernten. Schrecklich verworrene Gedankensprünge, eine Mischung aus etwas bemühten Aphorismen und allzu vagen Erzählstellen. Interessant, aber unlesbar. Ich musste an den wackeren Zeitungsfritzen denken, dem schon meine kleinen Feuilletons zu schöngeistig waren, was hätte er dazu gesagt? »Na also dit kann man nich verkoofen« und er hätte wohl recht damit gehabt. Jetzt gleich eine Schriftstellerexistenz anzustreben, fand ich, gelinde gesagt, mutig – ich hatte mein Leben lang ausschließlich geschrieben und war trotz harter Arbeit ab einem gewissen Punkt nicht mehr weitergekommen, sie hatte getanzt, gemalt, gesungen – alles angefangen und wieder beendet und war sich dennoch so sicher wie nie, dass das ihre Bestimmung sein musste. Ich persönlich scheue ja Begriffe wie »Bestimmung« oder »Schicksal«, vielleicht hatte es tatsächlich in Mara gebrodelt und sie stand kurz vor einem schriftstellerischen Ausbruch. Das Wohnzimmer, alias »Club« wurde folglich ausgeräumt, dunkelgrün gestrichen und mit schwarzen Lampen versehen, die mehr Licht raubten als abgaben. Ein Möbelhaus hätte seine Freude daran gehabt und es feierlich als »Dichterzimmer« verkauft – ich fand es ungemütlich und setzte mich lieber in die Küche (die ja für irgendetwas gut sein musste, wenn schon nie fürs Kochen).

Ach, dass ich nicht lüge: Mara kochte neuerdings. Es schmeckte ebenso experimentell wie ihre Texte und ich erinnere mich bloß an ein Rote Beetegericht, das derart schaurig erdig war, dass ich es bis heute nicht verdrängen konnte wie all die anderen essigfreudigen, salzarmen und ab und zu überraschend rohen Kreationen aus ihrer, wie sie es nannte, »Zauberwerkstatt«. Nur einmal riet ich ihr vorsichtig, sie solle vielleicht lieber am Schreibtisch zaubern, woraufhin sie die Austern im Kühlschrank, die ich gekauft hatte, durch Zettel mit einigen meiner alten Gedichte ersetzte. (Möchte doch zu gern wissen, was mit den armen, kleinen Austern geschehen ist – Mara mochte sie nämlich nicht. Sie mochte allerdings die widerliche, gefräßige Nachbarskatze, die ich hasste – man müsste da mal einen Kriminalroman darüber verfassen).

So angenehm gewisse Spaziergänge und Unternehmungen weiterhin blieben, unser Zusammenleben wurde mit der Zeit spürbar schwieriger, denn ein altes Problem wurde durch Maras Schreiben aktueller denn je: wir lebten künstlerisch und wohl auch meist geschmacklich in mindestens zwei verschiedenen Welten: ich irgendwo zwischen Kakanien und übergroßer Bewunderung der Grand Nation, jemand, der Anekdoten im geselligen Kreis eher brauchte als Bücher (die er schätzte, jedoch niemals liebte), der ich allenfalls geschrieben hatte, um gut oder sogar besser zu leben (was man dann ja wieder in kleine, elegante Petitessen verwandeln konnte) und dagegen Mara, die aller Welt zeigen wollte, was ein Mensch litt, mehr noch: die ihr Leiden offenbaren wollte und dennoch verschweigen musste, warum sie litt (und ebenso, warum sie's verschweigen musste). Ihre These war simpel und wahrscheinlich nicht einmal ganz falsch: je mehr ein Mensch durchzustehen hat, desto mehr drängt es ihn, sich auszudrücken. Warum dann allerdings Leute in Schweigeklöster und dergleichen gingen, erklärte sich dadurch nicht, denn Mara meinte mit Ausdrücken selbstredend: künstlerisch. Und ihre Kunst war danach: als wäre ein Sturm über die langweiligsten Stellen von Tolstoi hinweggefegt (und es gibt deren unendlich viele) und hätte ein Gefühlschaos hinterlassen, in dem die Figuren nur mehr undeutlich zu erkennen waren. Jedoch ich staunte: während ich mich mit zehn Seiten unendlich quälte, tausendmal erst die Welt, dann die Literatur und schließlich mich verfluchte und letztlich auf Seite acht kapitulierte (mit der fadenscheinigen Begründung, Fragmente hätten gewiss ihren ganz eigenen Reiz), schrieb Mara Seite um Seite, war bald bei fünfzig, bald bei hundert angelangt und ein Ende war einstweilen nicht in Sicht. Dabei war das, was sie schrieb, einfach nicht gut. Ich sagte das natürlich keineswegs derart deutlich, andere taten es – ungern zwar, doch Mara ließ sie nicht entkommen: ihre Professorin versuchte es ihr mütterlich beizubringen, sie wechselte den Kurs, eine Freundin versuchte es im Scherz, seitdem habe ich nie mehr wieder etwas von ihr gehört. So ging es mit ein paar weiteren Leuten und folglich fürchtete ich zunehmend, ich könnte der nächste sein.

Und wie ich so schreibe, »zunehmend« wären wir schon beim großen Krach (dem vermehrt kleinere vorausgegangen waren) und der gar harmlos begonnen hatte: mein alter, treuer Anzug, der am selben Tag wie Mara in mein Leben getreten war, blich ziemlich aus und wurde, wir wollens nicht verheimlichen, etwas arg eng. Daraufhin befragte ich meine Sparbüchse, wie sie zu einem neuen Anzug stehe und sie sprach entschieden: nein! Mir blieb also nichts anderes übrig, das alte Allheilmittel musste bemüht werden, dem ich erst vor ein paar Wochen endgültig entsagt hatte: eine Kolumne sollte her und ihr folgend ein netter, nicht einmal so kleiner Scheck.

Ich erinnerte mich an ein Erlebnis, das ich einige Zeit zuvor erlebt hatte und immer wieder gern erzählte, da mir die Situation damals allzu grotesk vorkam. Dem Redakteur gefiel sie, das hatte ich geahnt und den Maßanzug bereits in Auftrag gegeben.

Frühling

Die allgemeine Nacktheit nimmt im Straßenbild temperaturbedingt gerade wieder zu, wobei sie derzeit noch mit Wollmützen kombiniert wird, die wohl als Symbol für den Jahreszeitenwechsel zu gelten haben. So oder so scheint es mir wenig bequem und Bequemlichkeit ist zwar nicht alles, aber Mode muss ja nicht zwangsläufig an Masochismus grenzen. Nun, es ist die Sache derer, die unbedingt auffallen wollen, ansonsten scheint mir die milde Frühlingsluft einen wohltuend beruhigenden Einfluss auf die Stadt auszuüben, denn insbesondere die allgegenwärtigen Künstler scheinen mir in letzter Zeit ein bisschen weniger angestrengt um Originalität bemüht und auch die Straße vor dem Café Rose gebärdet sich mittels ergrünender Bäume seit Tagen direkt pariserisch. Sogar die Obdachlosen sind dort regelrechte Clochards. Außerdem spricht ausnahmsweise mal niemand vom Wetter, was wahrscheinlich als gutes Zeichen gelten kann. In die unvermeidlich tiefgründigen Gespräche mischt sich zwischenzeitlich etwas wie Leichtigkeit und selbst in den letzten Spelunken, in die seit Jahren kein Licht mehr gedrungen ist, stehen frische Blumen auf den Tischen.

Doch finde ich, selbst diese allumfassende Heiterkeit (oder was immer das ist) sollte Grenzen haben. In einem Café, das besseren Wein hat als Kaffee und ansonsten lieber nicht genauer bestimmt wird, saß ich mit einer hübschen jungen Dame neulich Nachmittag allein. Um es zu präzisieren: ich saß am einen Ende des Raumes, die Dame, weinend, wurde am anderen Ende von der ebenfalls jungen, mit ihr offensichtlich befreundeten Bedienung getröstet. Es ging wohl um ihren Freund. So weit so gut, das Geschluchze und die Verdammungen störten mich nicht weiter, als jedoch die Damen dazu übergingen, sich durchaus intensiv zu küssen, war ich doch sehr bemüht mir meine Irritation nicht anmerken zu lassen. Als sie dann allerdings, endgültig fummelnd, im Hinterzimmer verschwanden und die Geräusche eindeutiger wurden, zog ich es vor, obwohl ich zugegebenermaßen noch nicht gezahlt hatte, das Weite zu suchen.

Frühlingsgefühle schön und gut, aber kann es in Berlin nicht einmal halbwegs normal zugehen?

Ich weiß nicht warum, aber ausgerechnet dieser kleine Text machte, in bescheidenem Umfang natürlich, auf mich aufmerksam. Er war mit Namen erschienen und verschiedene Leute, die auch einen Namen hatten (also einen in der Zeitung) gratulierten mir zu meinen reizenden Impressionen. Dann rief mich eines Tages Doktor X vom Y Verlag an und lud mich zum Kaffee ein.

»Wie wäre es morgen um vierzehn Uhr im Literaturhauscafé?«

Ich lehnte ab, denn erst morgen bekäme ich meinen neuen Anzug und außerdem hing mir das Literaturhaus in letzter Zeit ein wenig zum Halse heraus.

»Morgen ist es leider ganz schlecht und außerdem bin ich meist in der Brasserie Le Paris anzutreffen«, log ich.

Doktor X vom Y Verlag (er stellte sich immer so vor, man mochte meinen, der Y Verlag gehöre zu ihm wie ein Adelsprädikat oder dergleichen), lachte und sagte nur: »Sie gefallen mir, also dann in der Brasserie – ich gehe infolgedessen aus, dass es ihnen abends lieber wäre.« – er hatte mich durchschaut.

»Ach wissen Sie, an Donnerstagen esse ich Austern zu jeder Tageszeit.«

»Nein, nein, abends ist gut. Um sechs am bewussten Ort?«

»Um sechs ebenda.«

Am nächsten Tag holte ich morgens meinen Anzug vom Schneider und stand sehr pfauig vor dem Spiegel, als Mara aus ihrer Dichterklause hervortrat.

»Was hast Du denn da an?«

»Nach was sieht es denn aus?«

»Ist schon klar, aber wo ist dein alter Anzug und wo kommt der her? Und warum passt der so gut? Ist der etwa ...«

Sie lachte verschmitzt und ich freute mich, dass sie das noch konnte, denn sie hatte es längere Zeit nicht mehr getan.

»Jawohl, der ist maßgeschneidert!«

Und nun lachte sie lauthals und sagte: »Maßgeschneidert! Maaaaßgeschneidert! So dick bist Du doch auch wieder nicht!«

Da musste ich ebenfalls sehr lachen und dann entkam er mir, der kleine, arglose Satz: »Warum schreibst Du nichts Unterhaltsames? Du hast so viel Witz und ein Talent zur charmanten Bosheit.«

Im Augenblick erstarb Maras Lachen, ihr ganzer Körper wurde von einer Art Unruhe befallen und alles Folgende sprach sie durch verkrampfte, halb zugepresste Lippen, während ihre Augen sich mehr und mehr in Schlitze verwandelten, Schießscharten nicht unähnlich: »Was soll das heißen: etwas Unterhaltsames? Bloß weil Du enggestrickte Lesarten bevorzugst, müssen sich dem alle andern beugen? Unterhaltsam! Was Du als Leichtigkeit verkaufst, ist doch nichts als eine behauptete, mir ist das zu wenig komplex und glaub mir, ich bin sicher nicht die einzige intelligente Person, die Literatur anders liest.«

Die Tür zum ehemaligen »Club« verschloss sich, die Audienz war zu Ende und ich hatte mich dabei gehörig in die

Nesseln gesetzt, wobei ich zugebe, dass ich genauso beleidigt war durch ihren übertrieben harschen Epilog.

Mein akutes Beleidigtsein hinderte mich auch daran, ihr vom Verleger X vom Y Verlag zu erzählen, der mich am Abend traf und recht bald mit dem Haus in die Tür fiel: »Wollen Sie nicht für uns schreiben. Ihr Stil gefällt mir, Sie können offensichtlich beobachten und sicher haben Sie doch auch schon das ein oder andere erlebt.«

Ich war völlig perplex. Das kam jetzt wirklich überraschend und erst ein paar trockene Schlucke später wurde mir bewusst, dass dies exakt der Moment war, auf den ich mein ganzes Leben hingelebt und hingeschrieben hatte.

»Wie kommen Sie denn darauf, dass ich dazu fähig wäre? Sie kennen doch bloß den einen Text.«

»Da irren Sie, mein Lieber, Sie haben nämlich, anscheinend ohne, dass Sie's wissen, einen Förderer: Puchberger.«

Der Zeitungsfritze! Das konnte tatsächlich keiner ahnen.

»Sie werden ihm wohl verzeihen, er gab mir alle Texte, die er hatte, zu lesen und meinte, dass Sie vielleicht interessant für mich wären. Mir gefiel vor allem auch der unveröffentlichte. Wie sieht es also aus: trauen Sie sich einen Roman zu?«

Was sollte man darauf antworten? Im Prinzip schon, ich bin bloß zu faul ihn zu schreiben oder: da muss ich erst meine Freundin fragen, ob sie es erlaubt. Das Gespräch wäre zu Ende gewesen, ehe die Austern kamen.

»Ja wissen Sie, Sie trauen es mir anscheinend zu und wer wäre ich, da zu widersprechen – aber überlegen werd ich halt müssen wie und über was sich zu schreiben lohnt.«

»Sie machen das schon. Wie wäre es mit einem Berlinroman?«

»Ich weiß gar nicht, wo ein Roman sonst spielen sollte. Es müsste ein kleines, leichtes, elegantes Büchlein werden, vielleicht ein bisschen ironisch und auf jeden Fall mit Austern und Cremant.«

»Na, darauf trinken wir!«

Wir tranken dann noch auf vieles mehr und ich Narr hatte also tatsächlich zugesagt einen dummen, kleinen Roman zu schreiben und musste das zu allem Übel irgendwann Mara schonend beibringen, die mehr und mehr auf den Simone-Beauvoir-Tripp kam und zwischenzeitlich am liebsten zum »Sie« zurückgekehrt wäre. Allerdings war ich kein Sartre (Gott bewahr, nur das nicht) und es konnte also noch recht lustig werden, aber es heißt ja, jedes Buch habe seinen Preis ...

Als ich sehr spät zurückkam, hatte Mara nicht einmal bemerkt, dass ich weg gewesen war, sie schrieb und schrieb und schrieb und tat es die ganze Nacht über, denn auch sie hatte große Neuigkeiten erfahren und bis morgen musste es sich beweisen, dass sie eine wirkliche Autorin war: »Stell Dir vor, Siri Hustvedt ist in der Stadt! Ich muss ihr unbedingt etwas von mir zeigen!«

Ich versuchte ihr Mut zu machen, wir umarmten uns, dann ging ich zu Bett und googelte vor dem Einschlafen rasch, wer Siri Hustvedt überhaupt war.

Kapitel XI

Am Morgen und selbst gegen Nachmittag hätte ich kaum gedacht, dass wir den Abend heil erreichen würden und halbwegs pünktlich in die Philharmonie kämen. Doch was heißt da pünktlich, über die halbe Stunde, die Mara zu spät kam, kann man großzügig hinwegsehen, dass sie allerdings das ganze Konzert über versuchte, mir möglichst unauffällig die Erlebnisse dieses Tages zu schildern (die ich ja zum Teil, wenn auch nur vom Handy aus, miterlebt hatte), strapazierte meine Geduld und die der andächtig lauschenden Bruckner-Enthusiasten empfindlicher. Immerhin die Vierte, die Romantische und dagegen das beharrliche Lispeln und Säuseln einer völlig außer Atem geratenen Frau, die ein paar Chauvinisten im Parkett sicher als »Mädelchen« bezeichnet hätten. Zu ihrem größten Unglück gab es keine Pause, denn vor der »Romantischen« wurden bloß die drei Vorspiele zu »Palestrina« von Pfitzner gespielt und da war ich eigentlich ganz froh, dass Mara noch nicht da war, denn sie hätte mir meine Pfitzner-Begeisterung sicher arg verübelt, zum Teil auch wegen der Musik. Gegen den Bruckner konnte sie schwer etwas sagen, denn sie hatte ja keinen Ton davon mitbekommen.

Infolgedessen war ihre Stimmung auf dem Weg in die sich dem Konzert anschließende Bar ausgezeichnet. Ebendiese Bar sollte wieder einmal eine typisch marasche Überraschung vorstellen. Vor einiger Zeit hatte ich sie mit einer endlosen Lobeshymne »Lost in Translation« betreffend gelangweilt und sie hatte sich mir zuliebe den Film sogar ein drittes Mal während unserer gemeinsamen Zeit angesehen (sie konnte überraschend geduldig sein, vor allem, wenn man es nicht gerade erwartete). An diesem Vormittag sagte sie, wir müssten heute

Abend nach dem Konzert unbedingt in eine bestimmte Bar, da gäbe es eine Überraschung und auf die wolle sie mich sehr, sehr gerne einladen. Allerdings lag die Bar, wie sich dann am Abend herausstellte, etwas unbequem, wir mussten vom Potsdamer Platz (ein letztes Mal der Potsdamer Platz, ehe auch er zum Stigma wurde) erst zwanzig Minuten gen Osten fahren, zum Dom, und von da aus einen halbstündigen Spaziergang in der Dunkelheit unternehmen, denn wieder war es September und die Sonne längst untergegangen. Allerdings war der Spaziergang angenehm lauschig und wunderbar touristisch, wenngleich zu ausgefallen für wirkliche Touristen. Vom Dom gings über den Lustgarten bis vor zum Pergamonmuseum, alldort über die Brücke via Georgenstraße zur Friedrichstraße, welcher man bis zum Weidendamm folgt, wieder über eine Brücke und dann immer die Tucholskystraße lang, bis diese von der angezielten Auguststraße gekreuzt wird.

Die Bar lag in einem großen Backsteinbau, der, wie eine Tafel verriet, früher die Jüdische Mädchenschule Berlins war. Nun gab es dort auf den verschiedenen Etagen ein Museum, eine Galerie und im Erdgeschoss ein Restaurant »Pauly Saal«, zu dem die Bar gehörte, die Mara so ungeheuer am Herzen lag. Als ich eintrat, wusste ich gleich warum: Sie war ungeheuer geschmackvoll, vor allem, weil das Interieur durchaus offensichtlich, doch keineswegs verbissen streng, im Stile der Zwanziger Jahre gehalten war (noch einmal die Zwanziger. Ach, ach). Bereits der Vorsaal, der Eingangsbereich bestach durch bunte Mosaikfliesen am Boden und der Wand. Zur Erde dominierte Weiß, an den Wänden Grün und eben dieses Grün fand sich wieder, sobald man in die Bar eintrat: Alle Wände waren in dieser schönen dunklen Farbe gestrichen, nun allerdings die Decke Weiß, braune Ledersessel, Holzverkleidung um die Bar und die eine Säule, welche dem Raum ungeheuer Struktur verlieh. Links war eine große Fensterfront, vorn, in der Mitte, die wirklich imponierende Bar, in die man beim Eintreten fast hineinlief. Weiter hinten im Raum wurde es legerer, ein schöner Perserteppich lag aus und ein paar feine Lampen gaben weiches Licht. Die Kunst an den Wänden störte nicht weiter. Musik kam dezent von einem Plattenspieler (es sah zumindest danach aus), es waren einige Leute da, nicht zu viele, nicht zu laute, eben solche, die man als angenehm erwachsen bezeichnen könnte. Mara und ich nahmen gleich neben der Bar am Beginn der langen Fensterwand Platz.

Eine freundliche, zurückhaltende Bedienung brachte uns die Karte und Mara sagte: »Heute müssen wir mal einen Drink nehmen.«

Das klang verdächtig, und als ich in die Karte sah, fiel er mir sogleich ins Auge, der Drink, der da hieß: »Lost in Translation«. Das konnte eben allein Mara, eine Bar mit Drink zum Film finden, die so elegant war, dass wir gleich wieder vom alten Hochgefühl getragen wurden (und mich um die Rechnung sorgen ließ). Mit ihr war eben vieles ein enormer Glücksgriff und diese Achtsamkeit auf selbst die kleinsten Details machten sie, trotz zunehmender Allüren, unendlich liebenswert.

Unser »Lost in Translation«, der seinen Inhalten zum Trotz überraschend gut schmeckte, kam bald und jetzt musste Mara erzählen, sie hielt es fast nicht mehr aus, nachdem sie den Spaziergang schweigend genießen wollte, weil, wie sie sagte, ihr die Posaunen des Bruckner noch arg im Ohr lagen.

Endlich folgte also: »Die abenteuerliche Geschichte einer literarischen Odyssee oder eine Siri-Hustvedt-Stalkung«.

Es begann mit jener bereits angedeuteten Nachtschicht. Tags zuvor hatte Mara es in der Zeitung gelesen, dass Siri Hustvedt anlässlich irgendeines Kongresses in der Stadt war und ihr war bewusst, dass niemand Besseres beurteilen konnte, ob und was ihr Schreiben taugt. Da sie allerdings nicht einwandfrei Passendes vorliegen hatte, entschloss sie sich kurzerhand, etwas Neues, Mutiges, Freies zu schreiben: einen Essay. Poetisch müsste der sein, dennoch voll klarer Gedanken – kurz und gut, ein kleines Meisterwerk. Sich hinzusetzen mit dem festen Vorsatz, ein Meisterwerk zu verfassen, erwies sich rasch als hinderlich und sie zog es, nach einiger Verzweiflung, vor, eine Kurzgeschichte über ihr schriftstellerisches Erwachen zu schreiben, so hatte Mara es mir beim eiligen Frühstück gesagt. Sie war viel zu spät dran, vollkommen übermüdet und hatte, wie eben immer alles zusammenkommt, gerade heute eine nicht unwichtige Zwischenprüfung in der Uni.

Sie war keine zehn Minuten aus dem Haus, da läutete mein Telefon: »Um Gottes Willen!«, es musste sehr ernst sein, denn Mara klang panisch und berief sich sonst höchst selten auf den Allmächtigen. »Vor lauter Nachdenken habe ich das Wichtigste nicht bedacht: sie spricht Englisch.«

»Wer spricht Englisch?«

»Na, Siri natürlich!«

»Lass sie doch.«

»Du verstehst nicht: meine Kurzgeschichte ist auf Deutsch.«

»Oh ...«

»Das kann man wohl sagen. Meinst du, du könntest ...«

»Ich kann nicht einmal richtiges Hochdeutsch. Meine einzige Fremdsprache ist kaiserlich-königliches Österreichisch. Und ein bissl Latein.«

»Oh Ungemach!«, im Originalton sagte sie etwas Deftigeres, »ich ruf dich gleich nochmal an.«

Drei Minuten später: »Also gut. Du hast heute nichts vor, oder?«

»Heute Abend wollten wir ins Konzert.«

»Ja ich weiß, aber in ein, zwei Stunden ruft dich ein Freund von mir an, den ich grad hier an der Uni getroffen habe, der übersetzt jetzt bei sich meinen Text, ich schaff das einfach nicht mehr mit der dummen Prüfung, jedenfalls ruft er, wenn er fertig ist, dich an und diktiert dir seine Übersetzung, er hat nämlich, stell dir das einmal vor, keinen Computer. Du schreibst sie auf und sendest sie mir per Mail, einverstanden?«

»Ist gut.«

»Also bis später!«

Sie legte auf und ich kramte meinen Laptop aus der hintersten Ecke meines Schranks hervor, den ich so gut wie niemals brauchte, denn ich hatte gelernt, mit Füller und Papier umzugehen, und außerdem war mir dieser Kasten ausgesprochen unsympathisch, denn er schien genau zu wissen, dass ich nichts wusste, und nutzte das gnadenlos aus. Was ich nicht alles angeblich downgeloaded oder abonniert hätte. Kurz und gut: Ich hatte ihn seit einem knappen halben Jahr nicht mehr angemacht und er wusste mich wieder unangenehm zu überraschen: Er ging gar nicht erst an. Auch nach einer halben Stunde fluchen, schreien und schlagen blieb er tot. Ich ging rasch zu einem Fachmann, der mir gleich erklärte, dass »dit nich so schnell jeht.« Wunderbar! Ich renne zurück nach Hause, denn der Übersetzungsmensch könnte ja jeden Moment anrufen, was er ziemlich bald darauf tat. Ein unangenehm hip klingender Hipster, dem man die Strickmütze quasi anhört, diktiert mir im Geschwindmarsch einen vierseitigen Text, von dem ich inhaltlich kein Wort verstehe, so sehr habe ich Mühe, seine englischen Kaskaden, die er mit einem lächerlich aufgesetzten Akzent ins Telefon singt, aufs Papier zu bringen.

Kaum hat dieser seltsame Pseudobrite endlich aufgelegt (er wollte fast ein wenig Smalltalk halten, aber ich gab mir alle Mühe, so unfreundlich wie möglich zu sein), da rief eine entsetzte Mara an: »Ich habe noch gar keine Mail erhalten. Hat Fred nicht angerufen?«

»Doch, schon – er hat sie mir auch diktiert, aber ich habe seit neuestem ebenfalls keinen Computer mehr.«

»Wie das?! Seid ihr jetzt alle wahnsinnig geworden, oder was?«

»Ja, jedenfalls mein Laptop. Er hat sich soeben ins Sanatorium einweisen lassen.«

»Und nun?«

»Werde ich ihn wiederum dir diktieren müssen, wenn du ihn gedruckt haben willst.«

»Das geht doch nicht. Ich muss so bald wie möglich zum Adlon, die fährt heute schon wieder weg.«

»Mir fällt nichts anderes ein.«

»Also, machen wir es so: ich nehme mir ein Taxi, auf der Fahrt zu irgendeinem Copyshop diktierst du mir den Text, dann drucke ich ihn aus und wir beten gemeinsam, dass ich es dann gerade rechtzeitig zum Adlon schaffe.«

So machten wir es, wenngleich der Empfang im Taxi ausgesprochen schlecht war und ich Mühe hatte, ihr die endlos wiederholten Sätze ins Ohr zu brüllen, die sich allezeit gern mit ihrem »Wie bitte« oder »Noch einmal, bitte« überschnitten. Wenn uns da ein Geheimdienst abgehört hat, dann sind wir auf ewig als komplette Wahnsinnige in den Akten vermerkt.

Bis zum Abend hörte ich nichts mehr von ihr. Leicht nervös wartete ich vor der Philharmonie, rief sie ein paar Mal an, aber immer wars die Mailbox und mir blieb folglich nichts anderes übrig, als allein hineinzugehen. Den Rest kennt man.

Was in dieser Zwischenzeit jedoch geschah, erzählte mir Mara eben in dieser traumhaften Bar: »Die in dem Copyshop haben ewig gebraucht, ich habs natürlich gleich binden lassen, und der Taxifahrer, den ich angefleht hatte zu warten, wäre fast wieder weitergefahren. Wie in einem amerikanischen Film hab ich ihn dann zur Eile gedrängt, aber der Verkehr. Der Verkehr! Als wir am Adlon ankamen, sah ich es schon: Photographen, deutlich nobleres Taxi vor dem Eingang. Und richtig, sie stieg gerade in dem Moment in ihr Taxi, als ich aus dem meinen kam. Also gleich wieder hinein, der Taxifahrer war sichtlich genervt, doch für den Ruhm müssen wir halt alle Opfer bringen. (Sie lachte etwas angestrengt.) Und jetzt Actionfilm, die Zweite: Er muss unbedingt dieses Taxi verfolgen, mein Lebensglück hängt davon ab und ich verspreche ihm ein horrendes Trinkgeld, wenn er bloß das Taxi nicht verliert. Nach einiger Zeit grinst er: ›Na, ick weeß, wo die hinwolln: Tegel!‹ Ich bin also erstmal beruhigt, der Mann weiß, was er tut, denke ich, aber am Flughafen Tegel verliert er sie prompt und ich verfluche ihn und bin ein bisschen froh, das Trinkgeld gespart zu haben, das wir jetzt vertrinken. (Wir stoßen an, ehe die Fortsetzung des Berichts folgt). Ich stürme in die Eingangshalle, nirgends eine Schriftstellerin zu sehen. Es ist Nachmittag, kurz nach vier, also ein ungeheurer Wirbel, ich kämpfe mich zur Anzeige vor: der nächste Flug nach New York geht in einer halben Stunde, Gate Blablabla. Völlig außer Atem komme ich an diesem Gate an und kurz wird mir schwindlig, dann schlecht, ehe ich in Ohnmacht zu fallen drohe: ich glaube ich habe mein Manuskript im Taxi liegen lassen. In der Handtasche ist es jedenfalls nicht. Kurz vorm Weinkrampf fällt mir ein, dass ich ja einen Rucksack am Rücken trage – und was ist in diesem Rucksack? Natürlich! Meine Kurzgeschichte. Wie durch ein Wunder läuft gerade in diesem Glücksmoment sie vorbei. SIE! SIRI! Ich kann dir kaum beschreiben, was das für ein Augenblick für mich war. Und woher ich den Mut genommen habe, sie anzusprechen. Sie war so freundlich, unglaublich liebenswürdig, obwohl sie eigentlich gar keine Zeit hatte. Ich habe ihr gesagt, dass alles, was ich bin, was dazu geführt hat, dass ich so bin, in diesem Text steht, dass ich versucht habe, hinter mein Geheimnis zu kommen und dass ich so, so sehr hoffe, dass sie vielleicht mehr darin erkennt als bloß eine Kurzgeschichte. (Ich wurde neugierig, ein Schlüssel zu Mara, auf vier Seiten? Das musste ein wirkliches Wunderwerk sein. Aber ich hätte wohl einer Übersetzung der Übersetzung bedurft und was nach einer solchen Stillen Post davon übrigbleiben mochte, war wahrscheinlich keine Erkenntnis, sondern bloß ein neuerliches Mysterium). Jedenfalls nahm sie es an sich, strich ganz liebevoll über das Titelblatt und versprach es zu lesen. Meine Mailadresse habe ich dazugeschrieben. Am liebsten hätte ich sie umarmt, sie hat das wohl geahnt und sich schnell verschiedet. Da bin ich dann auch gegangen, ganz benommen, berauscht vor Glück. Da konnte mir selbst der Bruckner nicht mehr viel anhaben.«

Wirklich, sie wirkte ganz verklärt und ihr Blick ging in die Weite. Entweder war sie eine vorzügliche Schauspielerin oder sie hatte heute tatsächlich ein Wunder erlebt. Das gönnte ich ihr von Herzen, wenngleich die Hoffnungen, die sie daraufsetzte, eventuell allzu Große waren.

»Vielleicht entdeckt sie mich wirklich. Stell Dir vor, sie liest und versteht und ist begeistert und sagt zu ihrem Paul: Das musst Du mal lesen. Unglaublich. Und dann geht es los, jemand ruft an: Wir haben von Frau Hustvedt gehört, dass Sie ein echtes Talent sind, haben Sie etwas für uns?, und ich werde was haben, ganz bestimmt.«

So träumte Mara den ganzen Abend lang, und es gefiel mir, sie derart glücklich zu sehen. Ihr von meinem Anruf vom Verlag und dem Buch zu erzählen, war von da an allerdings endgültig unmöglich.

Siri Hustvedt hat Mara, soweit ich weiß, niemals geschrieben und dennoch hat sie nie die Hoffnung aufgegeben, sie könnte es irgendwann doch tun. Und egal, was war, ich hoffe inständig, Mara möge diese Hoffnung niemals aufgeben und zu jeder Stunde fest daran glauben, dann kann ihr im Grunde kaum etwas passieren.

Kapitel XII

Es kam der bittere November. »Die Gischt der Tage« war »Bonjour Tristesse« gewichen, »Speak low« dem »September Song«. Zwar ging alles weiter bisher, doch war absehbar: so gings nicht weiter. Mara ging nie in die Uni, verkroch sich tagelang in ihr Schreibzimmer und war wie gelähmt, konnte keinen Satz aufs Papier bringen, wer weiß warum (wir wollens jedenfalls Frau Hustvedt nicht zur Last legen). Oft hörte ich sie schluchzen. Früher wäre ich ins Zimmer gestürzt, hätte sie umarmt und zu trösten versucht, inzwischen machte mich ihr beständiges Weinen regelrecht aggressiv. Was hatte sie ununterbrochen zu weinen, wo wir so glücklich hätten sein könnten? Ich schluckte meine Wut hinunter, schämte mich ihrer, denn das durfte nicht sein, sie will es ja auch anders und was kann sie dafür. In meiner trübsinnigen Verfassung ging ich viel spazieren, einmal sogar bis zum Ostbahnhof, weiß der Teufel wie ich da hinkam, dort wo ich selten je gewesen bin – jetzt kam mir die Gegend vor wie die Kulisse meines Innenlebens, Pfützen so groß, dass man darin untergehen konnte, alles im Abbruch und längst keine Ahnung von Neuentstehendem. Dazu ein seit Wochen grauer Himmel, man kannte bald kaum mehr etwas anderes, unvermittelte Regenschauer dazu und ein eisiger Wind. Große Dramen, große Bühne, ein letztes Mal Berlin als Teatrum mundi, es hätte großartig sein können, wenn es nicht derart abgeschmackt gewesen wäre. Abgeschmackt und zermürbend, denn die Erkenntnis ließ sich insgeheim nicht länger verleugnen: Wir waren am toten Punkt angelangt, ohne recht erklären zu können, wie es geschah, war alles uns Betreffende im höchsten Maße kompliziert geworden, wir verletzten uns mit den unbedachtesten

Worten, ohne es zu wollen, und wo einem früher hundertfacher Trost eingefallen wäre, war bloß mehr Schweigen (und in Maras Falle hunderte Liter Tränen. Früher fand ich es auf sonderbare Art und Weise anziehend, wenn sie weinte – heute war es mir unerträglich, in all meiner Hilf- und Einfallslosigkeit).

Das Ende auszusprechen, getraute sich allerdings keiner, teils aus Phantasiemangel, denn was sollte danach kommen – ein Danach, das hatten wir geahnt, konnte es nie geben und wenn es denn sein musste, dann würden nicht einmal Scherben eines vergangenen Lebens bleiben, dann müsste man überhaupt neu zu leben lernen. Der andere Hinderungsgrund wog jedoch schwerer, weil er es umso härter machte: Wir liebten uns, liebten uns nach wie vor. Das alte, dumme Lied: Wir konnten nicht miteinander und nicht ohneeinander. Neulich erst war mir abermals klar und deutlich geworden, wie sehr ich Mara liebte, dass oft ein einziger unbefangener Blick genügte, sie zu sehen, wie ich sie sah, wenn nichts zwischen uns stand, kein grauer Himmel, keine dunkle Vergangenheit, kein weißes Papier.

Es war im Haus Lemke. Wieder etwas Letztes, ein letzter Architekturausflug (wobei mich die Architektur inzwischen mehr interessierte als die Literatur und Mara wiederum die Literatur mehr als die Architektur, der sie sich einst verschreiben wollte. Es blieb beim Einschreiben, wobei sich bei ihr immer alles noch flugs ändern konnte). Haus Lemke und die Besonderheit eines vereinzelten sonnigen Oktobertages, des letzten, des letzten sonnigen und den des Oktobers überhaupt. Die Eindrücke gingen an uns vorüber, keine Geschichte des Hauses, keine Besonderheiten des Stils blieben haften, kein Disput, keine geteilte Freude, wenn überhaupt eine, die

Sonne war gleich wieder hinter Wolken verschwunden. Wenn ich je ein Haus bauen sollte, dann ungefähr dergestalt – jedoch, wer baut wie Mies van der Rohe, dachte ich, als ich in das ehemalige Wohnzimmer trat, mit seiner für den nicht allzu großen Raum unendlichen Fensterwand, aus der Mara sehr malerisch hinaus auf den müden Obersee blickte. In diesem Moment kam die Sonne hervor, mit ungeahnter Kraft hellsten Scheins verwandelte sie Mara in eine goldene Statue, ich sah sie im Profil, sie schloss die Augen nicht, sondern tauchte ganz ein in dieses Leuchten, dessen Teil sie wurde. Die Sonne erleuchtete Mara und Maras strahlend blonde Mähne und überhaupt ihre Großartigkeit brachten den Raum zum Glühen, eine schöne Weile lang, ehe die Sonne sich wieder hinter graue Regenwolken zurückzog und Mara in sich zusammenfiel, vom neuerlich bewusst gewordenen Weltschmerz und anderen Leiden bedrückt. Unmöglich, ein solches Haus lässt sich nicht bauen, und ohne diese Sonne und Mara am Fenster wäre es sowieso sinnlos.

Zwischen dem und heute lagen einsilbige Tage, viele Versuche sich aufzuraffen, etwas zu meistern, ohne zu wissen, was genau. Mara ging überhaupt nicht mehr aus dem Haus und deshalb wusste ich, dass etwas bevorstand, als sie sagte, sie wolle spazieren gehen.

Draußen goss es in Strömen. Obwohl es gerade einmal vierzehn Uhr war, war es regelrecht finster, kalt außerdem, aber ich sagte wohl nicht nein, ich wusste, es muss sein und fragte nur: »Gut – wo willst Du hin?«

»Auf den jüdischen Friedhof, mir zuliebe, bitte«.

Da, wo ich oft gewesen bin,
zwecks Trauerei,
da kommst du hin, da komm ich hin,
wenns mal vorbei.

Man kann das wohl anders verstehen. Wie leicht erst im Rückblick – allein, damals genügten fahle Ahnungen.

Natürlich ist der jüdische Friedhof in Weißensee kein Park (wenngleich das anscheinend nicht jeder begreift, der dort spazieren geht), es ist ein Ort unendlicher Ruhe und sogar einer der ungeahnten Schönheiten, sogar für Leute wie mich, denen Natur sonst eher gleichgültig ist. Dort jedoch geht Kultur und Natur in einem und eine gewisse Sehnsucht nach dieser Kultur, die unwiederbringlich verloren ist, macht einen Besuch ebenso wehmütig wie schön, die Tragik hinter manch unscheinbarem Stein die Gedanken so bitter wie frei.

In unseren ersten Tagen, jenen der leichten, sich fortwährend steigernden Verliebtheit, waren wir oft auf diesem Friedhof, zum einen, weil Mara ihn bis dahin nicht gekannt hatte, zum anderen, weil er sie, als sie davon erfuhr, selbstverständlich magisch anzog und nicht zuletzt auch deswegen, weil wir dort selten mehr als ein paar vereinzelten Menschen begegneten, denen man leicht ausweichen konnte, es ist schließlich der größte erhaltene jüdische Friedhof Europas (und das für sich ist ein Wunder). Im Sommer spannten sich die Blätter der die Gräberfelder säumenden Bäume wie ein grünes Dach über die Alleen, dann und wann ging der Wind dazwischen mit leisem Rascheln bis hinauf in die Kronen, was klang wie ein großes Aufatmen. Überhaupt ist der jüdische Friedhof in Weißensee der friedlichste Ort, der sich denken lässt, zumindest im Sommer. Es gibt wahrscheinlich keinen Weg, den

Mara und ich nicht gegangen wären, keine imposante Gruft, keine karge Stele, die wir nicht gewürdigt hätten, keine eindeutige Jahreszahl, die uns nicht bestürzte. Wir waren zugleich glücklich und bedrückt und fühlten uns dennoch eigenartig unbeschwert, denn das grüne Dach beschirmte uns, es konnte nichts passieren.

Einmal deutete Mara vage auf eine Grabsteinreihe und sagte: »Sie hat denselben zweiten Vornamen wie ich« – sie hat mir niemals gesagt, wie sie denn nun hieß und also war da wieder ein Geheimnis, das ich einmal sehr an ihr geliebt hatte.

An jenem tristen Novembertag war das lange her, fühlte sich ungeheuer entfernt an. Ein schweigendes Paar, das langsam und bedrückt durch den vollkommen verlassenen Friedhof ging, in Regen, Wind und Kälte. Niemand getraute sich das erste Wort zu tun, jeder »begehrte nicht schuld zu sein«, doch war es unausweichlich, wollten wir jemals wieder diesen Ort verlassen, diesem Wetter entkommen, mussten wir reden. Hier gab es keine Ausflüchte, kein Café, keinen Schreibtisch, keinen Selbstbetrug. Dieser Ort war uns beiden zu kostbar, als ihn leichtfertig durch dumme Feigheit unerinnerbar zu machen. Ihn mussten wir halten, zumindest im Innersten, und das verlangte Aufrichtigkeit im Ende. Auf jeden Fall keine Tränen, keine Szenen und auch falsches Hoffen nicht.

»Ich glaube, Berlin ist kein Ort mehr für uns«, Maras Stimme klang weich, unaufgeregt.

»Du irrst, zumindest ein bisschen: Berlin ist kein Ort mehr für dich.«

»Hast du Pläne?«, fragte ausgerechnet sie mich.

Da musste ich fast lachen: »Sollte ich welche haben? Ich hatte ja nie einen.«

»Das ist doch zweierlei. Gerade die, die keinen Plan haben, haben oft die meisten Pläne.«

»Hast du Pläne?«

»Unendlich viele.«

Jetzt mussten wir tatsächlich lachen. Unglaublich! Mit Mara konnte man nicht einmal klassisch Schluss machen, statt im Sturm verweht zu werden vor lauter Irrungen, Wirrungen sogar noch leiser Witz. Naja, Witz ...

»Ich gehe fort. Ich habe ein Stipendium, von der Uni aus, nach New York.«

»Also doch Architektur.«

»Wer weiß. Leider ist Frisch ein so grässliches Beispiel, aber irgendwie wirds schon gehen.«

»New York. Uns muss wohl mindestens ein Weltmeer trennen, um nicht rückfällig zu werden.«

Dann gingen wir wieder schweigend nebeneinanderher, jeder in Gedanken ganz woanders, Mara wahrscheinlich längst in New York, ich, ganz tragischer Nostalgiker, in den Weser Lichtspielen, am Potsdamer Platz, im Literaturhauscafé – überall, wohin ich von nun an nicht mehr konnte. Was hätte ich da auch gesollt.

»Erinnerst du dich, wie wir nach Paris wollten?«, versuchte ich unser letztes großes Gespräch am Leben zu erhalten, ohne recht zu wissen, was dieser Reminiszenz für ein tieferer Sinn zu entnehmen wäre.

»Natürlich, es war so ganz anderes wie in meiner Erinnerung.«

Es freute mich, dass Mara bereits zum alten Spott zurückgefunden hatte, aber sie durfte den Moment nicht klein machen.

»Vielleicht ist New York auch ein solches Ziel und am Ende kommst Du ganz woanders heraus.«

»Das wäre nicht das Schlimmste. Schlimmer wäre es, sich hier zu verlaufen.«

Das traf mich und tat mehr weh als erwartet.

Sie bemerkte es: »Das klang härter, als es gemeint war. Wir hatten die denkbar beste Zeit, ehrlich, alles, was jetzt kommt, kann bestenfalls anders werden – wir wissen ja beide, dass es so nicht weiterginge. Sicher, wir könnten von unserem Glück vielleicht ein paar Jahre zehren, nebeneinanderher leben, bis nichts mehr übrig ist an Erinnerungen und man dem anderen bloß mehr die Gegenwart vorwerfen kann. Jetzt bleibt sie uns, wir dürfen sie nicht verschwenden.« Sie umarmte mich.

Da war ich es, der schwer mit den Tränen zu kämpfen hatte.

»Bleibst du hier?«

»Am Friedhof? Am liebsten: ja ...«

»Unsinn. Du wirst es überleben. In Berlin, meine ich.«

»Wo sollte ich sonst hin?«

»Nach Paris. Das wolltest du immer.«

»Ich glaube, ich hätte heute nicht mehr den Mut in irgendeinen Zug zu steigen und auf gut Glück ein neues Leben zu beginnen.«

»Willst du in der Wohnung bleiben? Ich würde die Miete zahlen, bis du einen Mitbewohner findest. Oder eine Mitbewohnerin, für alle Fälle.«

Und von da an weinten und lachten wir beide, sprachen kein Wort und konnten es einfach nicht fassen.

Selbstverständlich legte ich keinen allzu großen Wert darauf, allein und von Maras Gnaden in einer Wohnung zu bleiben, die einmal unser großer Traum gewesen war und in deren Umkreis kein Platz blieb, der nicht andauernd alte Wunden aufgerissen hätte. Mara hatte es eilig, in drei Tagen bereits würde sie nach New York fliegen und bat allen Ernstes mich, sie zum Flughafen zu begleiten – und ich, ich sagte in völliger geistiger Umnachtung zu. Denn diese drei Tage waren erstaunlicherweise überhaupt kein bisschen schlimm. Noch sah ich sie ja jeden Tag, wenngleich bloß beim Ausräumen der Wohnung, wir unterhielten uns wie normale Leute, die am Gymnasium einmal sehr befreundet gewesen waren, und wagten sogar mitunter sentimentale Anspielungen, natürlich alles auf einwandfrei ironischer Ebene.

Eine Art Phantomscherz (zugegeben, die Kalauer hatten, gleich uns, bessere Tage gesehen). Es war ein Leben vor der Endgültigkeit und die führte mich schließlich dahin, wo ich hergekommen war: in den Norden Berlins, allein und mit Mitbewohnern, die es für tiefsinnig hielten, bis drei Uhr nachts lautstark in der Küche über die philosophische Ebene Lady Gagas zu diskutieren (selbstverständlich mit Musikbeispielen, selbstverständlich auch diese lautstark). Ich musste diesen verdammten Roman schreiben und alsbald reich werden. Papier und Stift lagen bereit, bloß noch rasch zum Flughafen und meiner großen Liebe »Adieu« sagen.

Das Taxi wartete bereits.

Wer da an Hollywood-Komödien glaubt, irrt. Wann immer ich an Flughäfen war, gab es dort keine Happy Ends, einzig genervte Businesstypen und überdrehte Urlauber. Im Taxi hatte ich mir ernsthaft überlegt, ob ich mitkäme, wenn sie mich bitten würde, aber sowie Mara zustieg und wir die Bleibtreustraße entlangfuhren, wusste ich: Ich konnte mit Mara keinesfalls eine weitere Stadt oder gar einen ganzen Kontinent unbewohnbar machen für mich und ein Leben hernach, dem ich mich jetzt eben zu stellen hatte. Bisher wars ja ganz gut gegangen.

»Und, wie ist die neue Wohnung?«

»Das Zimmer ist gut und liegt gleich neben der Wohnungstür, man kommt also meist glimpflich davon.«

»Du Armer!«, sie strich zärtlich meine Wange. Das empfand ich allerdings als eher unpassend.

»Und du wohnst dann in einem Wohnheim?«

»Aber nein, es ist mehr wie ein Hotel, ein Appartementhotel.«

»Also auch nicht das Ritz, bloß ein bisschen näher dran ...«

»Fürchten wir das Beste.«

Mara sah ein letztes Mal Berlin an den Scheiben vorüberziehen, endlich Ankunft in Tegel, sie zeigte mir die berühmte Stelle der noch berühmteren Siri-Hustvedt-Begegnung (ich versprach bei Gelegenheit eine Tafel anbringen zu lassen), dann war es so weit: das Ende vom Abschied.

»Weißt du, ich habe ein paar Jahre in dieser Stadt gelebt, war glücklich, war traurig, habe gefeiert, diskutiert, habe kleine Erfolge gehabt, größere Krisen, habe fast jeden Tag in diesen Jahren hier verbracht und auch die Nächte genutzt, um meinen Horizont oder mein Alkohollimit zu erweitern, habe die entlegensten Winkel gesucht und jede Aussicht, die sich mir bot, zumindest durchdacht, bin offen durch die Straßen gegangen, in die Uni und gehe jetzt weg und der einzige, von dem sich zu verschieden lohnt, bist du. Ich glaub, ich hab Papier gelebt.«

Sie drohte in sich zusammenzufallen, da kam glücklicherweise der Aufruf für die Maschine nach New York. Noch eine Umarmung. Noch ein letztes Umdrehen, ein letzter Ruf: »Danke! Und wart nicht«, dann war sie verschwunden und ich stand danach wohl fast eine Stunde wie angewurzelt im großen Gedränge, als ob sie gleich zurückkäme.

Mara war weg und da kam, ganz plötzlich und ziemlich heftig, das große Weh. Ich wills hier nicht schildern, wer meinem Bericht bis hierhin gefolgt ist, wird sich denken können, wie das war, und wird selbst um die trübsten Tage, Wochen, Monate wissen, die einen immer wieder zu Boden werfen. Nach ein paar Schritten draußen ist man vollkommen überfordert mit dieser ganz fremden Stadt, man verkriecht sich wieder in sein Bett, wundert sich, dass man nicht zu faulen beginnt, verzweifelt, jammert und schreibt. Das war wahrscheinlich meine Rettung: Ich schrieb und schrieb, verpasste den guten Teil des Winters (bis Silvester), bekam auch nichts vom endlosen zweiten Teil dieser unnötigen Jahreszeit mit und stelle jetzt überrascht fest, dass es ja Frühling geworden ist, nachdem ich mich nach etlichen Kämpfen und Korrekturen dazu durchgerungen habe, mein Manuskript beim freundlichen Doktor X (vom Y Verlag) abzugeben. Als ich im Verlag ankomme, werde ich anscheinend erwartet, obwohl ich mich gar nicht angekündigt hatte.

Kapitel XIII

»Im Grunde bin ich einzig und allein wegen Mara noch hier, obwohl ich nicht recht weiß, ob das ein Glück ist. Nie jedoch werde ich im Zweifel darüber sein, dass die Zeit mit ihr ein Glück war, ein ganz undenkbares sogar, und egal wie unerträglich das Alleinsein derzeit ist, wie trüb die momentanen Aussichten auch immer sein mögen, stets gibt es Erinnerungen, die durch die Schwärze der Gefühle schimmern. Ein Trost ist das freilich nicht, aber manches wird klarer mit der Zeit, nach einer übersteigerten Liebe, der großen Oper zweier Irrlichter, einem Ende quasi en pasant, der Beginn zufällig. Wir kamen aus einem unbestimmten Irgendwo, prallten aufeinander, schlugen Funken und verglühen nun wieder im Irgendwo, so ziemlich aus der Bahn geworfen.«

Die Lesung läuft ganz gut, da bin ich froh. Die Leute lachen, wenn sie lachen sollen, und lachen nicht, wenn sie's nicht sollen. Ein mozartsches C-Dur-Gefühl überkommt mich und ich denke, dass ich mir viele Sorgen hätte sparen können, wenn ich gewusst hätte, ich würde einmal in dieser langweiligen Bücherei vor langweiligen Leuten aus meinem gut gehenden Buch lesen. Wahrscheinlich hätte ich mir dann einfach andere Sorgen gemacht und man soll nicht so undankbar sein, selbst wenn diese Bibliothek (ausgerechnet in Marzahn) mitnichten der Dichtertraum schlechthin ist, aber nächste Woche soll ich bei einer Veranstaltung im Literaturhaus lesen (ja, dem Literaturhaus, in unserem, ach Unsinn, meinem geliebten Charlottenburg) und das ist tatsächlich eine kleine Krönung dieses ganzen ungeheuren Aufstiegs, der unglaublich rasch gegangen war und sich quasi fortwährend zu krönen weiß. Tatsächlich verdanke ich das alles dem Zeitungsfritzen Puchberger, der mich anscheinend, aus mir unbekannten Gründen, mag und nicht müde wird, im Hintergrund zu schalten und walten, auf dass es vorwärts mit mir gehe. Denn er, der frisch ernannte Feuilletonchef, widmete seine erste Kritik unglaublicherweise mir und meinem rasch nach Vollendung (und halbwegs verhinderter Lektoratsschändung) veröffentlichten kleinen Büchlein, von dem Lästerer sagen, es sei gar kein Roman, allenfalls eine Novelle (aber es ist eben doch einer, man denke an »Frühstück bei Tiffanys«, das kommt auch nicht auf die beckmesserischen zweihundert Seiten, muss es gar nicht), andere halten es für Kitsch, die allermeisten jedoch verstehen, dass es einfach ein schönes Buch sein will, nicht groß, nicht tief, nicht weltbewegend, sondern nicht mehr und nicht weniger als schön, denn ein Buch über Mara (und es ist ausschließlich ein Buch über Mara, wenngleich auch das allenthalben anders gelesen wird) kann ausschließlich von Schönheit handeln, muss eine Huldigung sein und bis ins Unverständnis hinein bewundern. Die Kritik Puchbergers wurde viel diskutiert im literarischen Berlin und andere Zeitungen zogen rasch nach, wenngleich viele das Buch für kaum lebensfähig hielten. Es beweist jedoch eine gewisse Zähigkeit, denn soeben bin ich in eine eigene Wohnung gezogen (nach Charlottenburg traue ich mich einstweilen bloß selten, Friedenau allerdings verspricht einiges und von meinem Schlafzimmer aus kann ich den Friedhof sehen, auf dem Marlene Dietrich begraben liegt – das muss etwas zu bedeuten haben). Vor lauter Rekapitulieren habe ich ganz den Faden verloren, in welcher Zeile war ich denn, egal, das Publikum hört anscheinend sowieso bloß halb zu, bezaubert von meinem angeblichen Wiener Dialekt, der er weiß Gott nicht ist, aber in ein paar Tagen, im Literaturhaus wird man mich auch wieder als Wiener Autor vorstellen, man wird sehen.

Ganz berauscht trete ich aus dem Literaturhaus, ich glaube, heute Abend haben mir die Leute wirklich einmal zugehört und diese nette Kuratorin hat mich für nachher in die Victoriabar eingeladen, hoffentlich wird es kein Branchentreffen, denn die sogenannte »Branche« ist mir ganz fremd und ich weiß selten, über was man sich mit solchen Leuten überhaupt unterhalten soll. Bloß weil man ein erfolgreiches Buch geschrieben hat, muss man sich nicht zwangsläufig für Literatur interessieren. Eigentlich habe ich gar keine rechte Lust auf Geselligkeit, denn nach wie vor versetzt es mich in eine seltsame Stimmung, mich durch Lesungen aus diesem Buch allabendlich mit Mara konfrontiert zu wissen, gerade nach den Veranstaltungen, wenn die verdrängte Einsamkeit zurückkommt und ich eigentlich gar nicht weiß, was ich mit mir anfangen soll. Es ist eine derart schöne Sommernacht, vielleicht lasse ich die Victoriabar und ein paar schale Gespräche und ebensolche Getränke sausen und wage einen kleinen Rundgang durch meine ganz persönliche Welt von gestern, ehe ich mich eilen muss, den Bus zu suchen, der mich zurück ins idyllische Friedenau bringt und den ich immerzu verpasse oder seine Haltestellen übersehe. So ganz zu meiner Welt ist dieses reizende Friedenau bisher nicht geworden, das wird mir gerade hier am lang gemiedenen Kurfürstendamm umso bewusster. Zwar bin ich längst kein Fisch auf dem Trockenen mehr, wie ich es nach dem Abschied von Mara lange Zeit gewesen war, aber mein Bassin ist bisher nicht allzu groß und gerade die vertrautesten Charlottenburger Ecken kommen mir vor wie fremdes Gewässer. Unglaublich, am Hinweg wäre ich fast an der Fasanenstraße vorbeigelaufen. Für heute wärs wohl besser heimzugehen, morgen Abend gibt der Y Verlag einen kleinen Empfang, um mich und meine kleine goldene

Gans zu ehren, mir graut es, bei aller Eitelkeit, vor dem leeren Gerede und den faden Stunden, die sich bei solchen Veranstaltungen ewig ziehen, vor allem wenn man sich zu allem Übel gut benehmen muss. Ich komme nicht umhin zu denken, dass der ganze Erfolg eigentlich einzig und allein mit Mara vollkommen zu genießen wäre.

Herr X vom Y Verlag hat meine Drohung also ernst genommen, nämlich dass ich nur dann zu diesem Empfang käme, wenn bei den Canapés solche mit Roastbeef dabei wären. Jetzt stehen da vier volle Platten, daneben weitere sechs Platten mit anderem Belag und dem unvermeidlichen Grünzeug ringsherum. Offensichtlich schätzt der Verlag meine Bilanz, denn zwar war aus dem Vorschuss ein Nachschuss geworden, dafür aber umso höher und, welche Erfreulichkeit, kontinuierlicher und überhaupt ergriff man in diesem Hause jede Gelegenheit zur Festivität und wenn man bei Verträgen milde übers Ohr gehauen wurde, dann wird diese Differenz durch Champagner und sonstige Grundnahrungsmittel wieder ausgeglichen. Unverhofft finde ich mich also in der Gesellschaft wieder, von der ich so lange, allzu lange, geträumt hatte. Ohne Zweifel genieße ich es und langweile mich dennoch ein bisschen, zumindest an diesem Abend, denn die Anwesenden sind beinahe ohne Ausnahme grau meliert und tragen Klamotten, die einen Mitlästerer überaus wünschenswert machen würden. Es wäre reizvoll, sie zu karikieren, aber sie tragen die Karikatur bereits in sich und das macht das ganze Unterfangen witzlos, denn Namen wie »Gunnar«, »Leonidas« oder »Wiebke« wären mir ohnehin niemals eingefallen und den Unsinn, den sie reden, kann man sicher belächeln, lesen möchte man ihn nicht. Zwischendurch werden in einem fort eifrig Selfies gemacht, um aller Welt oder auch nur sich selbst zu beweisen, dass man Spaß hat, und nach einem solchen Abend findet man auf Facebook dreißig neue Freundschaftsanfragen, was einzig unterstreicht, was für eine zutiefst unsinnige Einrichtung diese Medien sind. Der Verlag drängt mich zwar ununterbrochen nur ja die wichtigsten Anfragen zu akzeptieren, mit jedem neuen vermeintlichen »Freund« wächst allerdings mein Unmut.

Schrecklich, ich komme ins innere Monologisieren, mal sehen, was das Buffet macht. Aber, oh Schreck!, die bauen es ja gerade ab ... Da steht eine nett aussehende Kellnerin, mal fragen, wohin sie das Roastbeef entführt haben.

»Entschuldigen Sie bitte.«

»Wie kann ich Ihnen helfen?«

»Ich suche das Roastbeef.«

»Oh, tut mir leid, das ist aus.«

»Schade, man sollte meinen diese Literaturasketen vertrügen ausschließlich Vollkorn und Hafer, aber wehe wenn sie losgelassen!«

Die Kellnerin lacht. »Unter uns, hinten, in der Küche steht noch ein halbes Tablett, aber mein Chef meinte, für das Geld fressen einem diese Gestalten die Haare vom Kopf und sie brauchen auch nicht bloß das teure Zeug essen.«

»Das lässt tief blicken, in die eine wie in die andere Richtung.«

»Ich bin übrigens Phyllis, falls wir uns duzen wollen.«

»Freut mich, ich bin der, um den es heute Abend geht.«

»Das scheinen die anderen wohl vergessen zu haben.«

»Gott sei Dank! Erinnere sie bloß nicht daran, ich brauche keine weiteren zehn Freundschaftsanfragen von Leuten, die *angestellt bei: Schriftsteller* sind oder lustige Namen haben wie *Schreibliesl* oder *JörnAutorBerlin.*«

»Komm mit, ich hab eh gleich Pause. Rauchst du?«

»In diesem Falle, unbedingt.«

Phyllis führt mich durch einen langen Gang, an dessen Ende eine recht kleine Küche ist, und eigentlich hatte ich gedacht, dass sie mit mir an die frische Luft wollte, um eine zu rauchen, aber sie steckt sich gleich eine an und schiebt mir die halbe Roastbeefplatte herüber: »Bedien dich.«

Das finde ich irgendwie peinlich, vor ihr zu essen, und frage: »Darf ich mir stattdessen lieber ne Zigarette schnorren?«

»Gern! Um ehrlich zu sein, bin ich ganz froh, dass du jetzt doch nichts mehr davon magst, das ist nämlich mein Mittagsessen für die nächste Zeit.«

So war das eigentlich nicht gedacht, allerdings beiße ich mir lieber auf die Zunge, bevor ich irgendwas sage. Sie fängt prompt an, die Reste erst in Alufolie und anschließend in ihren Rucksack zu packen. Dabei sieht verschwörerisch zu mir. Ach, wäre ich nur cool! Da überkommt mich ein ungeheurer Geistesblitz: Ich klaue eine Flasche Wein aus einem der Dutzenden Kartons und frage: »Brauchst Du was zu trinken dazu?«

Sie freut sich ein bisschen: »O, Picboul, der Herr hat also Geschmack. Und wie mutig! Die anderen da draußen hätten sicher einen Herzinfarkt bekommen.«

»Wieso, die schnorren auch bloß, geben es aber nicht mal zu.«

»Und warum geht es auf diesem Empfang um dich?«

»Ich habe ein Buch geschrieben.«

»Du? Wie alt bist du denn?«

»Dreiundzwanzig.«

»Dann hast du ja noch gar nichts erlebt.«

Ich bin baff, denn mein Ruhm war zwar nicht wirklich gefestigt, doch war ich inzwischen etwas mehr Bewunderung gewohnt. »Glaubst du? Was hast du denn alles erlebt?«

»Dies und das. Ich bin ja auch schon dreißig.«

»Dreißig? Niemals! Da sehe ich ja älter aus.«

»Dazu sag ich mal lieber nichts, bevor du mich endgültig nimmer ausstehen kannst.«

»Mach ruhig, solange ich nicht wieder zurück muss. Da wird zwar mehr geschleimt, aber hier ist es eindeutig lustiger.«

»Du musst natürlich Schriftsteller sein: männlich, weiß, siehst älter aus ...« Sie sieht mich schrecklich ernst an. Auf obskure Art und Weise mag ich sie, wenn sie das allerdings ernst meint, dann finde ich sie leider schrecklich. Glücklicherweise lacht sie schon, furchtbar laut und gleich geht ihr Lachen in einen Raucherhusten über, den ich ihr ein bisschen, aber wirklich bloß ein bisschen, gönne. »Das war natürlich Spaß. Du bist schließlich nicht Günter Grass.«

»Alles, bloß nicht das. Apropos: wie schreibt man Grass?«

»Mit SS.«

»Der ist alt, oder?«

»Uralt.«

»Was machst du eigentlich?«

»Du meinst, wenn ich nicht gerade bediene? Hast du ein Glück, dass ich studiere, wenn ich eine richtig echte Kellnerin wäre, müsste ich jetzt schrecklich beleidigt sein.«

Wieder in die Nesseln gesetzt, ich habe seltenes Glück heute!

»Du wirst ja ganz rot. So schlimm war das jetzt nicht. Wie gesagt: ich studiere, und zwar Sport und Mathematik.«

Da muss ich leider eine Grimasse schneiden. Sie nimmt es mir nicht übel. »Tut mir leid, allerdings kann ich mir schwer schlimmere Fächer denken.«

»Dacht ich mir, so siehst du auch aus«, jetzt grinst sie richtig fies. Das gefällt mir, sehr sogar.

»Tja, dafür bin ich erst dreiundzwanzig und habe mein ganzes Leben noch vor mir.«

»Hey, du kannst ja richtig gemein sein, mein Kleiner. Aber das ist Altersdiskriminierung und wenn ich das poste, dann wars das wohl mit der großen Schriftstellerkarriere.«

»Mach ruhig, dann bring ich dich ins Altenheim.«

Infolge verbarrikadieren wir uns in der Küche und lachen den ganzen Abend lang, bis uns langsam die Luft ausgeht – vermissen tut uns anscheinend keiner.

Am Heimweg bin ich etwas darüber irritiert, dass ich öfter an Phyllis denken muss – so schnell kann es ja wohl nicht gehen. Allerdings ist sie wirklich großartig, auf die lustigste Art gemein und klug und wenn sie wirklich dreißig ist, dann sieht sie unglaublich jung aus. Schön ist sie und ich bin ein bisschen betrunken und beides bringt einsame Männer leicht dazu, den Kopf zu verlieren. Erst einmal ausschlafen, morgen habe ich in aller Frühe bereits ein Interview für eines dieser trendigen Magazine, in irgendeinem Café. Bevor ich ins Bett falle, muss ich noch einmal nachsehen, wo genau das ist. Die halten mich bestimmt wieder für einen Wiener. Die im Literaturhaus hat mich auch prompt falsch angekündigt. Unfähig, Klappentexte zu lesen, aber Interviews führen wollen ...

Das Café ist etwas schmuddelig und sichtlich um Charme bemüht. Der Interviewer ist bereits da und passt äußerlich wunderbar in dieses Café: gelbes Hemd, darüber eine leichte, buntgemusterte Strickweste, eine viel zu große Brille und zu allem Übel obendrein lange Haare.

»Beherrsche dich und denk an die Verkaufszahlen«, lautet mein inneres Mantra. Es ist nämlich gar nicht leicht, wenn man berühmt werden will: Immer muss man sich gut benehmen und so tun, als ob man Menschen mögen würde. Ich setzte mich zu diesem hippen Mittvierziger, wir begrüßen uns knapp und mustern uns alsdann misstrauisch.

»Nur kein investigatives Interview bitte«, sage ich leider nicht, sondern: »Haben Sie schon gewählt?«.

Der Typ sieht mich verständnislos an.

»Ob die Bedienung bereits da war?«, versuche ich es erneut. »Ach so, ja, die is nur ma schnell nach hint'n. Könn'n wir trotzdem anfangn?«, sagt er gelangweilt und gibt dabei den Rest seiner aufrechten Körperhaltung zugunsten einer Art Sitzliegens auf.

»Natürlich«, sage ich und bewundere mich für meine Gelassenheit. Immerhin, seine ganze Null-Bock-Haltung lässt vermuten, dass er nicht an besonders geistvollen Capricen meinerseits interessiert ist, das kommt mir sehr entgegen. »Ick hab mir jedacht wir stell'n das Ganze unter so'n Motto wie: ein Wiener in Berlin, oder so.«

Na Bravo! Da haben wir es wieder. Ich bin es leid, andauernd zu widersprechen, und sage: »Gern, was wolln's hörn, der Herr?«

»Hattest du so ne Art Kulturschock, als du nach Berlin jekommen bist? Ich mein, Wien is ja wohl eher so jemütlich.«

»Das kommt ganz drauf an. Am Zentralfriedhof ist es ausgesprochen gemütlich ...«

Und dann wiederhole ich alle Klischees, die mir zum Thema Wien einfallen. Will dieser beharrliche Duzer nicht auch einmal etwas zu meinem Buch fragen?

»Wie autobiographisch ist eigentlich dieser Roman?«

Natürlich, die unvermeidliche Deppenfrage. Wieder beherrsche ich mich und sage nicht »Das geht Sie einen feuchten Kehricht an, sitzen Sie erstmal gerade«, sondern antworte etwas gänzlich anderes um die Frage herum. Ihm ist es anscheinend egal.

»Eine letzte Frage: 150 Seiten, ist das überhaupt ein Roman?«

Er hat's geschafft, er hat das unüberbietbar lausigste Interview aller Zeiten geführt. Na ja, geführt wäre zu viel gesagt. Abgesessen, das trifft es eher. Gerade will ich mit einem tiefen Seufzer stöhnen »Frühstück bei Tiffanys«, da kommt endlich die Bedienung, die seit meinem Eintreten verschwunden war.

Sie fragt allerdings nicht, was ich wünsche, sondern sagt kurz und bündig: »Frühstück bei Tiffanys«.

Überrascht sehe ich hoch (vor lauter Verzweiflung hatte ich zuvor in den Boden geantwortet). Es ist in der Tat Phyllis, der ich gestern Abend unter anderem mein Leid geklagt hatte, dass die Deutschen selbst, was die reine Seitenzahl von Büchern betrifft, unverbesserliche Spießer sind. Der Interviewer weiß nicht, wie ihm geschieht und führt das Gespräch eilig zum Ende. Als er weg ist, ist die Freude natürlich groß.

»Zufälle gibt es, die gibt es nicht! Wenn ich das in meinem Roman geschrieben hätte, kein Mensch hätte es geglaubt.«

»Da hast du recht. Aber jetzt musst du auf jeden Fall über mich schreiben.«

»Du willst, dass ich über dich schreibe? Du kennst doch gar nichts von mir.«

»Das nicht, aber der Typ ist von einem echt guten Magazin und wenn der dich interviewt, dann muss dein Buch gut sein«.

Ich greife in meinen Eastbag (denn kaum zu Geld gekommen, bin ich vollends dem Markenwahn verfallen) und gebe ihr ein Exemplar.

»Für mich? Daaaanke«, sie scheint sich ehrlich zu freuen. »Ich muss es doch nicht lesen, oder?«

»Nein, natürlich nicht. Ich hab's auch nicht gelesen.«

»Schlimmer, du hast es erlebt.«

»Woher willst du denn das wissen?«

»Ich habe euch belauscht und wer so konsequent die Frage nach der Fiktion umgeht, hat etwas zu verbergen.«

Stellt sich heraus, dass sie bereits viel früher aus dem Kühlraum zurückkam, mich gleich erkannt hatte und nur auf den dramaturgisch besten Moment für ihren Auftritt gewartet hatte. Es ist etwas an dieser Phyllis, das mir sehr gefällt. Sie ist auf ganz eigene Weise interessant, jedoch, und das unterscheidet sie von Mara, aufs angenehmste unkompliziert.

Das peinvolle Interview erscheint ein paar Tage später und wahrscheinlich gelte ich jetzt bis an mein Lebensende als Wiener. Eventuell gibt es Schlimmeres. Jedenfalls gehe ich inzwischen ganz gern in dieses Café, zumindest wenn Phyllis Schicht hat, und kann es gar nicht mehr so schmuddelig und charmelos finden.

Kapitel XIV

Manchmal wacht man in der Früh auf und weiß, dass heute irgendetwas geschehen wird. Die Sonne kann noch so schön scheinen, der Wind noch so angenehm durch die weit offenen Fenster mit leisem Wehen hereinströmen, man wälzt sich im Bett und spürt: Heute passiert irgendetwas. Dabei muss das keineswegs zwangsläufig negativer Natur sein, manchmal reicht bereits die Ahnung bloßer Veränderung, um einen nervös zu machen. Hinterher mag man freilich darüber lachen, jedoch die Unruhe bleibt. Ich gehe ins Bad und kann mich nicht entschließen, die dringend nötigen Renovierungsarbeiten in eigener Sache in Angriff zu nehmen, mir graust es regelrecht vor dem Rasieren, ich sehe mich blutüberströmt am Boden liegen oder in der Dusche ausrutschen, dass alles vorbei ist.

Dann denke ich wieder, was für ein ganz gewaltiger Narr ich bin, es ist ja der schönste Tag seit langem (und eigentlich waren es ausschließlich schöne Tage in letzter Zeit), die Vögel zwitschern, alles nah und fern wird angenehm von weichem Sommerlicht gemildert, der Verlag will ein neues Buch und wenn ich jetzt endlich einmal in Bewegung komme, dann kann ich Phyllis im Café besuchen und das allein sollte Anreiz genug sein. Was gibt es folglich zu befürchten? Man wird halt nicht schlau aus sich, die Unruhe bleibt. Ich gehe zum Schlafzimmerfenster, um zu sehen, was Marlene Dietrich macht, doch sie hat gerade Besuch und da will ich mal lieber nicht stören. Es ist ein bisschen tragisch, wenn eine tote Hollywood-Diva im Friedhof nebenan zeitweilig der einzige Kontakt ist, den man pflegt. Seitdem Mara fort ist, wird deutlich, wie weltabgewandt und ausschließlich für uns wir gelebt hatten. Zu zweit war diese Abgeschiedenheit inmitten des Weltgetümmels herrlich gewesen, jetzt wandelt sie sich zur Einsamkeit, und ich würde lügen, wenn ich behauptete, damit umgehen zu können. Der einzige Lichtblick ist und bleibt Phyllis, da ich allerdings stark zur Übertreibung neige, sollte ich mich hüten, mir da wie auch immer geartete Hoffnungen zu machen. Wahrscheinlich leidet sie innerlich jedes Mal furchtbar, sobald ich das Café betrete. Ach nein, das wird übertrieben sein, dann würde sie mir ja nicht immer schreiben, wann sie Schichten hat. Oder sie hält mich für so unfassbar erbärmlich, dass ich eine Art soziales Projekt für sie bin. Vielleicht findet sie mich auch einfach nur nett. Hoffentlich.

Dieses innere Unwohl will und will sich nicht legen. Es wäre an der Zeit, sich in blinden Aktionismus zu stürzen. Es muss ja nicht unbedingt etwas Produktives sein, Hauptsache Bewegung in den Tag bringen. Ah, der Briefkasten, das ist die Rettung, den habe ich nämlich seit Tagen nicht mehr geleert, teils aus Faulheit, teils aus Trotz. Sollen sie ruhig mahnen, das kann ich mir inzwischen locker leisten. Was anderes ist darin eh nie zu finden. Rechnungen, Werbung, ab und zu wenigstens ein paar devote Leserbriefe. Wie gut und eigentlich unglaublich, dass es das heute noch gibt.

Obwohl es sommerliche dreißig Grad hat, werfe ich für den Gang zum Postkasten im Flur meinen langen, weiten Wintermantel über, denn im Schlafanzug mag ich nicht gehen und fürs Umziehen bin ich nach wie vor in zu manischer Stimmung. Als ich den Kasten aufschließe, fällt mir der Brief sogleich ins Auge, die Schrift ist eindeutig, ich erstarre und will den Briefkasten gleich wieder zumachen, just da kommt einer dieser lästig freundlichen Nachbarn vorbei und fragt, ob ich wohl die Post hole (was für eine ätzende Frage das ist, offensichtlich hole ich die Post), ich antworte zerstreut und bin quasi gezwungen, den ganzen Briefberg heraus zu nehmen. Ausgerechnet Maras Brief obenauf. Ich hatte es geahnt!

In der Wohnung reiße ich ihn natürlich gleich auf. Meine Augen fliegen hastig über die eng beschriebenen Zeilen. Die Buchstaben biegen sich schräg in Schreibrichtung, sie muss wohl in einem wahren Furor geschrieben haben.

Mon cher,

ich dachte immer, dass, egal was auch sei, ich mich immer auf dich verlassen kann. Ja ich hatte sogar die Hoffnung, du könntest dereinst in mein Leben zurückkehren. Jetzt finde ich mich bitter betrogen und halte auf 150 Seiten (das ist nicht einmal ein echter Roman) deine Absage an die Aufrichtigkeit, die dich sonst ausgezeichnet hat, in Händen. Ist das deine Rache? Aber Rache wofür? Das Ende kam eben, doch die ganz wundervollen Zeiten zuvor auf diese Art und Weise zu besudeln, das schmerzt mich ungemein. Ich fühle mich eines Stücks Lebens beraubt und das wusstest du, ich habe es dir oft genug gesagt und beinahe noch öfter hast du daraufhin geschworen, niemals über mich zu schreiben.

Erinnerst du dich unseres letzten Gangs über den jüdischen Friedhof? (Dumme Frage, natürlich! Du hast ihn ja Wort für Wort abgeschrieben und dabei fleißig in mich hineininterpretiert, als sei ich eine Patientin, ein interessanter Fall – was soll das überhaupt immer mit dem »Mysterium«? Ich hatte dich irrigerweise für empathiefähiger gehalten.) Am jüdischen Friedhof habe ich dir gesagt: »Wir hatten die denkbar beste Zeit, ehrlich, alles, was jetzt kommt, kann bestenfalls anders werden.« Durch dieses unselige Buch ist alles anders geworden, das Vergangene ebenso wie die Zukunft. Du hast dich einfach an meinem Leben bedient, mich verwurstet und das ehrlich Gute auf eine Art ausgenutzt, die es unbrauchbar macht für jedes schöne Erinnern.

Als ich fort bin, dachte ich, dass der Einzige, von dem sich zu verabschieden lohne, du seist. Auch darob habe ich mich getäuscht. Jetzt erst ist der Abschied von Berlin leicht geworden. Ich lasse nichts zurück.

Leb wohl,

Mara

Das ist allerhand. Sollte ich sie vernichtet haben? Mit einer Liebeserklärung? Mir war bewusst, dass sie keineswegs begeistert sein würde, aber so zu reagieren ... Ich muss mich setzen, mir wird ganz konfus. Hat sie das Buch denn überhaupt aufmerksam gelesen? Sie kann doch darin nichts Vernichtendes finden. Das ganze Buch ist eine einzige Sehnsucht nach ihr. Oder sollte gerade das am Ende ihr missfallen haben? Meine Knie werden ganz schlottrig. Was soll ich denn jetzt machen? Antworten auf einen solchen Brief ist quasi unmöglich. Und wie kommt sie überhaupt in New York ausgerechnet an mein Buch, das vor allem eine primär Berliner Angelegenheit ist? Ich nehme das Kuvert in die Hand, das ganz und gar unamerikanisch aussieht und der Poststempel klärt alsdann einiges: Stuttgart. New York war eben zu weit – oder sollten ihr am Ende gar die Pläne ausgegangen sein? Das ist jedenfalls alles zu viel für einen Vormittag, ich muss hinaus – im besten Fall wartet Phyllis auf mich.

Als sie den Brief gelesen hat, weiß Phyllis nicht, ob sie lachen oder zornig werden soll. »Ich habe es ja bereits nach der Lektüre deines Buches geahnt, aber die Frau hat einen an der Waffel.«

»Nein, hat sie nicht. Sie ist wundervoll, nur eben leicht verletzlich.«

»Leicht ... Sie ist total empfindlich und hat offensichtlich gar nicht begriffen, worum es in dem Buch geht.«

»Das allerdings glaube ich auch.«

»Oder sie will einfach ein Opfer sein.«

Sie sieht mich aufmunternd an, mein Herz schlägt plötzlich heftiger – bin ich etwa mehr über Mara hinweg, als ich dachte? Der Dämpfer folgt umgehend: »Juli meint, du solltest uns mal besuchen. Wir laden ein paar Freunde dazu ein, das wird sicher lustig.«

»Juli?«

»Ach, entschuldige: meine Freundin.«

»Deine Freundin-Freundin?«

»Ja so kann mans sagen.«

Daraufhin bekomme ich einen solch irrsinnigen Lachanfall, dass alle grauen Wolken des Tages mit einem Mal verfliegen. Ich bin auch so ungeheuer blöd, da kann man wirklich nichts als darüber lachen. Phyllis weiß nicht, wie ihr geschieht. Sie sieht mich irritiert an und lächelt unschlüssig, aber ich lache und lache und umarme sie und stürze aus dem Café in diesen prächtigen Sommer hinaus.

Sie ruft mir hinterher: »Dein Brief!«

Und ich rufe, ohne anzuhalten: »Wirf ihn weg! Wirf ihn einfach weg!«

In dem Moment war mir nämlich klargeworden, dass ich selbst ein solch übersteigertes Seelchen war, wie ich es an anderen stets belächelt hatte. Mein großartiger Weltschmerz, meine wühlende Unruhe, mein jähes Entsetzen und nicht zuletzt die hastige Flucht in eine ganz und gar unbegründete Verliebtheit, das kam mir im Augenblick derart lächerlich vor, dass ich ganz kurz den Verstand verlor, vor lauter Lachen.

Als ich wieder zu Sinnen kam, ging ich zurück ins Café und erklärte Phyllis das alles, woraufhin auch sie mich, mit allem Recht, auslachte. Schließlich kam ihre Freundin Juli dazu und von da an wusste ich, dass ich niemals mehr einsam sein würde, denn ich müsste mich schon arg täuschen, wenn ich in den Zweien nicht wirkliche Freunde fürs Leben fände.

In Phyllis und Juli fand ich aber nicht einzig gute Freunde, durch sie kam ich in einen Kreis von lauter interessanten Menschen und von da an wurde mein Leben Stück für Stück ein anderes. In ein paar guten Wochen schrieb ich ein zweites Buch, einen Band mit Erzählungen, und dabei hatte ich nicht ein einziges Mal an Mara gedacht oder irgendwen, sondern mich an das angehalten, was mich wirklich interessierte: Berlin und die ganzen Möglichkeiten, die es versprach. Die Sorgen sind mit der Zeit weniger geworden und inzwischen nur mehr ganz alltägliche, das einzige Bedauern ist das finale Missverständnis zwischen mir und Mara, nicht weil ich einen Freispruch erwarte (ich fühle mich längst nicht mehr schuldig), sondern weil ich es bedaure, dass sie in meinem Schreiben nie das sehen kann, was ich ihr damit zeigen wollte: wie wundervoll sie war und ist und wie mir doch dann und wann ein grotesker Ausflug zu den unmöglichsten Lokalitäten mit ihr fehlt. Sie hat mir damals sehr verübelt, dass ich ihr riet, etwas Unterhaltsames zu schreiben – aber die Zeit mit ihr war unterhaltsam und ich will sie niemals missen, so gut es mir jetzt auch gehen mag.

Oft werde ich eingeladen und inzwischen freut mich das sogar. Ich gehe gern aus, habe Freude daran, mich zu unterhalten (und andere zu unterhalten) und merke langsam, dass die hermetische Liebe eine Unmöglichkeit war, die das Ende bereits am Anfang in sich trug. Demnächst kommt jedenfalls der Band mit Erzählungen raus und dann wage ich mit Phyllis, Juli und ein paar anderen aus der Gruppe ein Abenteuer, dem ich einst abgeschworen hatte: Wir fahren in den Urlaub. Auf diese Weise lerne ich täglich neue kleine Freuden schätzen und staune über das Leben, das ich jetzt führe und auch über das Buch, das mir dazu verholfen hat, denn es ist stellenweise so ahnungslos gegenüber dem Alltag, den Mara und ich stets verächtlich geringgeschätzt hatten und der so überraschend sein kann, dass ich aus dem Staunen gar nicht mehr herauskomme. Vielleicht setzte ich mich irgendwann hin und starte einen neuen Versuch, eventuell werden es dann sogar mehr als die berühmten hundertfünfzig Seiten. Man wird sehen. Einstweilen übe ich mich im Leben, alles andere wird sich dann schon irgendwie einstellen, da bin inzwischen guter Dinge und das ist die Hauptsache, nicht wahr?

Kapitel XV

Manchmal wacht man in Früh aber auch auf und weiß, dass es ein ganz ausgesprochen guter Tag wird. Man hat ohne Grund unangenehm gute Laune, hört mit voller Lautstärke Zwanziger-Jahre-Chansons und versucht, peinlicherweise mitzusingen, man läuft drei Mal durch die Wohnung und denkt sich: Es ist schön hier, einfach schön, stürzt sodann voll Begeisterung ins Bad, schniegelt und striegelt sich und geht mit einer derartigen Energie aus dem Haus, dass man selbst nur staunen kann. Erst dann fällt einem auf, dass man ja nirgendhin muss und überlegt, was man denn tun könnte.

Wie man so durch die Straßen läuft, sich wohl fühlt und gar nicht vorstellen kann, irgendwo anders auf der Welt zu sein als gerade hier, da fallen einem die typischen Zitate ein, von »Ich bin ein Berliner« bis zu »Du bist verrückt, mein Kind, du musst nach Berlin«. Alles gut gesagt, aber trifft das Berlin im Innersten? Was gibt es weiter? Natürlich, das unvermeidliche »be Berlin«, worüber sich bereits ausreichend viel geärgert wurde, sodass eine weitere Verächtlichmachung sich erübrigt. Der Nachfolger ist freilich kaum besser: »Wir sind ein Berlin«. Das ist ein frommer Wunsch, nicht mehr. Und ist selbst das nicht grundlegend falsch? Ist das Gute an Berlin nicht, dass es viele, ungezählte Berlins gibt, die sich an den verschiedensten Stellen immer neu zu präsentieren wissen, und hat nicht jeder sein ganz eigenes Berlin oder auch davon wiederum mehrere? Also ebenfalls nicht das Wahre. »Arm, aber sexy«, na ja – das ist gefühlte hundert Jahre her und wenn man sich in den bekannten Bezirken umschaut, fällt es einem schwer, das unwidersprochen zu lassen. So gesehen bestünde Berlin ausschließlich aus den Randbezirken, aber das passt wieder so gar nicht zu »Wir sind ein Berlin«. Offensichtlich gar nicht leicht, diese Stadt in einen Satz zu pressen. »Berlin bleibt anders«, war eine Zeit lang in Mode oder das unverwüstliche »Berlin, ick liebe dir«, was allerdings beides zu wenig konkret ist, für meinen Geschmack. Anders kann derart viel sein, dass es nichtssagend bleibt und blinde Liebe, mein Gott, dazu schweige ich besser. Nein, der Spruch, den ich für am gelungensten halte, ist fast hundert Jahre alt und trifft es dennoch am genauesten: Jeder einmal in Berlin. Das ist alles, was an Berlin lockt, was Berlin ist, was Berlin sein kein. Eine Verheißung, ein Versprechen, eine Hoffnung, eine Zuversicht, ein kleiner Kampf, ein langer Abend, ein Scheitern, ein Gewinn – das ganze Leben eben und wahrscheinlich weitaus mehr.

Ich entschließe mich, ein paar Blumen zu kaufen. Ein sehr schöner, ehrlicher, kleiner Laden ist gleich ums Eck und weit entfernt von »fleurs de paris« – Blumen aus Friedenau eben. Nachdem ich hierhergezogen war, hatte ich eine Angewohnheit von Mara übernommen, nämlich stets einen frischen Strauß in der Wohnung zu haben, möglichst schlicht, ohne viel Grünzeug und am liebsten weiße oder zartrosane Rosen oder Ranunkeln. Mit der Blumenfrau verstand ich mich gleich aufs Beste und es wurde daraus eine Art Geschäftsfreundschaft: ein bisschen Smalltalk, viel Trinkgeld und vor aller Kundschaft demonstriertes gegenseitiges Wertschätzen. Als ich eintrete, ist sonst keiner da und wir plaudern also ein wenig, dann sagt die reizende Blumenfrau, sie habe etwas für mich: einen wunderhübschen Strauß ganz kleiner Ranunkeln, so klein, wie ich sie nie zuvor gesehen habe. Neue Züchtung, verrät sie mir.

»Als die heute morjen kamen, wusste ick gleich, dass die für Sie sind.«

Das freut mich über allen Maßen. Wie viel ich ihr denn schulde? Nichts, sagt sie, das ist einmal ein Geschenk, ich sei ein solch ein guter Kunde und so arg nett (hat die eine Ahnung), diesen Strauß möchte sie mir durchaus schenken. Ich wehre mich ein bisschen, aber sie besteht darauf und deswegen verspreche ich ihr, dass er einen ganz besonderen Platz erhalten wird. Beim Weitergehen überlege ich, wo dieser besondere Platz sein könnte – am Schreibtisch? Ein wenig zu profan. Vielleicht wenn ich ihn Marlene aufs Grab lege, doch da ginge er unter und dafür ist er viel zu schade. Kurz spiele ich mit dem Gedanken ihn zum Angedenken an dieses einmalige Wochenende vors Ritz zu legen, aber womöglich denken die Leute, irgendein Promi sei im Ritz gestorben und ehe man sichs versieht, ist der ganze Platz davor voller Blumen, Kerzen und weinender Menschen, das will ich lieber nicht riskieren. Jeder einmal in Berlin, das ist eben auch eine Verantwortung. Mir fällt nichts Gescheites ein und ich beschließe, erst einmal bei Rogacki Mittag zu essen, in der Hoffnung, der Strauß möge so lange überleben.

Mangels derzeitiger Alternativen laufe ich bis zur S-Bahn-Station Zehlendorf, um dann an der Yorckstraße in die U7 zur Bismarckstraße umzusteigen. Mit der üblichen, längst nicht mehr zur Kenntnis genommenen Verspätung trifft die Bahn ein und ist unerfreulicherweise gesteckt voll. Neben einer sehr niedlichen jungen Frau finde ich dennoch einen Sitzplatz und sie sieht gleich auf meinen Strauß und strahlt mich an, ich lächle verlegen zurück und starre dann ein bisschen im Wagon herum. Da kommt mir einmal im Leben wenigstens eine vernünftige Idee: Ich schenke der Frau neben mir den Strauß. Wortlos reiche ich ihn ihr hin, sie sieht mich mit großen Augen an, die zu fragen scheinen: für mich?

Ich nicke und will gerade wieder wegsehen, da nimmt sie mich bei der Hand, erst bin ich erschrocken, dann fühle ich, wie weich und fein ihre Finger sind, dann bin ich enorm froh, dass ich keine Schwitzhände habe, und schließlich sitzen wir eine kleine Ewigkeit still und zufrieden händchenhaltend inmitten dieses vollen, lärmenden Wagons, zwei Fremde, die sich scheinbar verstanden haben, in dieser kuriosen Stadt – mal sehen, was noch alles kommen wird.

Ja, es stimmt wirklich: jeder einmal in Berlin!